i

为了人与书的相遇

Niels Fredrik Dahl

PÅ VEI
TIL EN
VENN

去朋友家的路上

[挪威] 尼尔斯·弗雷德里克·达尔 著

林后 译

广西师范大学出版社
·桂林·

你会以为与你相遇的是国王的目光。

——卡西奥多罗斯

她不知道狼是一种多么凶残的动物，
所以她没有一丁点儿害怕。

——格林童话

1

在 2001 年 7 月 15 日那一天，美国摄影师乔尔·斯滕菲尔德拍下了一头筋疲力尽的大象的照片，当时大象正横卧在奥斯陆西去交通路线上的一条支线马路上。或许他原本是要到城外的那一大片野营地区去搜寻一些新素材的——那儿的帐篷里驻扎有不少在夏季来挪威打短工，帮忙采集草莓的波兰人。而在这天上午，他的车就这么突然地被塞在了路当中。堵车再加上四周各式救援车的警报声响，让这位经验丰富的摄影师一把抓起了照相机，走下车来。他沿着这一长串的车辆，朝他已看清楚了的通向教堂的那条坡道旁走去，在那里停放着一辆消防车和三辆警车。横卧在马路上的大象已完全精力耗竭奄奄一息，任凭消防队员用就近的水塘里的水给它冲水降温。一位警察正设法努力指挥交通，让车辆疏通继续西去。但看上去人们已不再急着离开，更多的人干脆停下车，奔着大象走过去。摄影师乔尔在相机镜头里清楚地看见了大象、救助人员和一旁看热闹的人们。乔尔实在应该感谢上帝的安排，让他又有这么一次机会处于目前的境地。在这儿摄影师可以向我们显示他对"现代生活的环境条件，以及对我们社会群体中的个体在这确知与未知的、这早已存在与突如其来的、这秩序井然与混乱无章发生冲突时所进行的努力抗争的强烈反响和敏锐的洞察力。这是关系到所有这些冲突与矛盾是否在我们的社会里，在我们的经历里及我们的头脑中，得已控制或失去控制。"这就是摄影师乔尔·斯滕菲尔德为拍下的照片所写的报道中的一段文字。我在这篇文章中下面这段话的下方，特地划了一道线："浑身被水浇透了的大象为了站起身来笨拙地挣扎着。这个野生动物被强制地按跪在地上。它的拼力抗争令人感动。我们的眼睛目不转睛全神贯注地注视着它，心在剧烈地跳动。"啊，是的，这话一点不假。即令"浑身被水浇透了的大象"这类说法难以想象，即令大象没有挣扎着想站起来，它已经屈服了，它完全垮了——因此我们眨巴着眼睛使劲地盯着，我们的心在剧烈跳动。我的眼睛眨巴着，我的心在剧烈跳动。我知道我在说什么，因为这头横卧在西去交通线上的大象是我的，是我的大象的抗争令人如此感动。

　　但还不止这些。斯滕菲尔德对着那头筋疲力尽的大象在不知拍下了多少张照片以后，小步跑回他的汽车那儿。他坐进车里驱车而去，车在一个"U"字形的拐弯处消失了。几个正在清理现场的警官凝视着他的车往斯麦斯塔社区方向奔去。接着响起了一阵熟悉的飞机螺旋桨的声音，他们的脑袋后仰，目光转向发出声响的地方。他们看见这是挪威电视二台新闻采访的专用直升机越过了教堂的上空，正朝着他们斜飞过来。从飞机的视角出发，这时候的大象看上去像一堆灰色的黏土。被截取下的这张画面将不会有文章将其评说，但在电视机前，人们或许仍然要对此评论一番。

在当天晚些的时候，一位警官被他办公室的头儿训斥了一通。其缘由是当晚电视新闻里播出的下面这一段采访：

"一只筋疲力尽的大象出现在交通的高峰时期，这一定是项非同寻常的工作吧。"

"是的，是这样。"

"当你到了出事地点，看到躺在那儿的那只大象，你能不能给我们描述一下这个场面？"

"不，我不知道，我……从某种意义上讲，这让人心里难过。"

"从哪种意义上呢？"

"大象哭了。"

"哭泣的大象？"

"大颗的泪珠从它的眼眶里掉下来。"

"那你想到了什么呢？"

"我想到了耶稣。"

"耶稣？"

"是的，我想到了耶稣。在《约翰福音》中写着：耶稣哭了。"

这位警官的上司认为他说的这些话可能会让人理解为他是在传教，这当然就跟他的职业完全不沾边了。对观众来说，从流泪的耶稣的画面到直升机下方那堆灰色的黏土，这眼下的事实是个极大的跳跃。随着直升机的逐渐上升，那堆灰黏土看上去也越来越小。直升机往高处飞去，摄影机就能将大象出逃的整个路线尽收画面。这样，当晚的电视节目播放时，就可以准确地显示出大象逃奔所经之地。这正像卡西奥多罗斯所说的那样，他们会沿着足迹顺藤摸瓜。

已有另一个摄影组在地面就位，顺着这条路线把沿途毁坏了的场面一一拍摄下来。有的汽车被弄翻了个儿，有的被踏陷了车顶，还有从根部被撞断了的树。一辆蓝色的美式客货两用旅行车被在奔逃中狂怒的、带攻击性的大象践踏得粉碎。司机受到了严重的内伤，立刻被送往乌勒渥医院的急救室。在那儿他只待了很短的时间，便停止了呼吸。

直升机上的摄影机拍下了经市政府允许建造在画家爱德华·蒙克的老房产依克里区的挪威艺术家住宅区。再往下就是挪威人称其为"乌鸦宫"的一栋供鸦雀筑巢搭窝的破败的褐色古典式房屋。这栋老房子横插入一片现代化的梯形公寓楼群中。直升机在地处低一些的十三栋红砖矮楼房住宅区上空盘旋了一阵，然后迅速地飞冲云霄，朝着田地另一端的那个老农场飞去。这油漆褪落颓败的红色粮仓告诉我们，农场早已无人经管。但人们仍然能想象得出在许多年以前，这栋主楼房的建筑是何等的气派堂皇。那时候霍夫伯爵在这里居住和工作。这自然是在他去世以前，在最后那张遗嘱总算出现，让我突然之间成为首都这个废农场的主人之前。摄影机在三十秒钟内拍下了房屋、田地及那个小水塘。但摄影机不可能将一切都摄入镜头。它拍下了我的大象，但它没有拍到我。我站在主楼房的厨房案桌旁边，听着直升机轰鸣声的那会儿，摄影机是没法拍到我的。摄影机也无法拍到发生的这一切的前因后果。它不会知道大象是怎样到我这儿的，以及我又是怎样来到霍夫伯爵的农场的。我站在这间厨房的吊灯的昏黄灯光下，在厨房的案桌与餐桌之间，反复不停地有节律地将身体重心从左脚换到右脚，再从右脚换到左脚。在我这样如钟摆似的左右摇晃着的时候，那头大象也在不安地跳动。该不是比邻的爱德华·蒙克，这土地房产的旧主人吧，是他说过，他就不惧怕摄影机，因为对于天堂或地狱里发生的事，摄影机是无法拍摄到的？我在公寓里给父亲打电话问询这件事。他精心研究过那些引经据典的书籍。摄影机不可能拍下所有的东西，这是真的了。所以现在该让我来接替这项工作，把这个故事讲下去。是的，我要讲述粮仓里的大象，讲述霍夫伯爵的农场和生气农夫。还要讲述坐在可乐人开的车上的经历，讲述他的那种目光，以及是什么原因让我来到了这里。我要将这所有的一切统统都讲出来。让我从一个叫维格沃特的小男孩开始吧。他是我，可我不是他。我紧紧抓住厨房案桌的边沿，与此同时操纵着时间的摄影机往回倒放。让所有以往的镜头重过一遍，我可是会干这个的。日复一日的，一星期一星期的，一月又一月的，四季，一年一年的都倒退回去。然后镜头朝下，对着这片土地另一端的那十三栋矮屋楼房住宅区，这时候时光回到了三十年前。经过塔楼——这栋当时挪威最高的建筑，在那片住宅区其中的一栋房屋跟前，摄影机停住了。那是在冬季里一月初的一天，三十多年前的一个非常特殊的日子。我让摄影机镜头进入楼房的一个入口。就在这一瞬间，维格沃特下了楼梯，走出门来。他要出去看个朋友。

2

　　维格沃特十一岁。刚好在这特别的一天，他要去看西门。至少他是这么对他的父母讲的。

　　西门是他在班上最好的朋友，他的家离这里还有一段路。首先维格沃特得下楼来，然后沿着这栋 L 型的楼房顺着一条路走出这片住宅区。再往下就是塔楼。联合国的第一任秘书长特吕格弗·赖伊就住在这栋塔楼里。他那庞大臃肿、胸前挂满了勋章的身躯，将那整个的最高一层楼塞得满满的。经过拐角处，不久前已被拆除了的阿尔内森的商店，再顺着一排木栅栏经过面包加工厂，对了，维格沃特的父亲就坐在这家厂子的办公室里，然后进入一栋两层楼的小房子。再往右朝着丝草坝子——那是滑雪学校和冬季里滑雪比赛的场地。西门的家就在这片广阔土地的下方。这就是维格沃特在今天这个特别的日子里经过的整个路线。他冲着待在客厅里的父母亲喊了一声，说他要到西门那儿去了。这不能说他完全是在撒谎，但也不全是真话。

维格沃特不愿待在家里，他不知道用什么方式来把这点说明白。或许有的，可以这么说：维格沃特是愿意待在家里的，但不是像现在这个样子的家。当家里相安无事的时候，他是愿意待在家里的。这种情况是曾有过的。那就是当在母亲两次疼痛的发作之间，在她写文章的两次交稿期限之间。蓦然间她是那么的高兴，那么难以言述的亲爱和温柔。那会儿维格沃特能看到父亲就像梦醒过来又回到了生活当中。或许，母亲会放开歌喉唱上一曲，而父亲的声音完全变成了另一个人的声音。或许，母亲索性就在厨房的亚麻油毡地板上迈开了舞步。父亲这时候就用牙咬住或是一支铅笔，或是一支康乃馨，一把搂住母亲的腰肢，让她的身体后仰下去，同时向或许是穿着睡衣站在一旁又笑又拍巴掌的维格沃特挤挤眼睛。这类似的情况是可能发生的，但是时间极短，很快就过去了。母亲会突然捧住脑袋，按着腰、手臂、胃或让她疼痛的其他什么地方。她弯下腰，身体缩成一团，咬住的牙齿间发出嘶嘶的声音，向维格沃特和父亲使劲嚷着：

"干点什么吧，没瞧见我疼得这么厉害吗？"

父亲急忙跑到浴室去拿药片，维格沃特或许只是站在原地发愣。以前有一次当母亲躺在地上蜷缩成一团时，他试着去拍拍她的背部。最好是别这么做，因为一点用也没有。可能他就只是轻手轻脚地回到了自己的屋里，站在门后，耳朵紧贴着门聆听。他听到父亲跑了回来，听到母亲是如何的发怒。虽然父亲说她没生气，那只是因为她疼得太厉害了，所以听起来好像在生气。

"可她说你的坏话呀！"

"说我的坏话？别胡说了，维格沃特。"

"为什么她那么疼呢？"

"这是一种病。"

"就像我在圣诞节里得的腮腺炎吗？"

"不，也不完全是这样。"

3

母亲：

她有满满一抽屉的止疼药片和一副墨镜。她写文章的时候老戴着它，这时候她看上去可能就像在美国麦得逊大街上被偷拍下的葛丽泰·嘉宝。

她的祖父是瑞典人。跟我的名字一样，他也叫维格沃特。从祖父那儿她学会了对母鸡施催眠术。她说她能够让它们挨个儿站成一队，随着音乐跳出简单的舞步。不过我一次也没见过。

她经常说她想死。这疼痛每每以新的方式折磨她，使她痛苦得不想再活下去。她说，这疼痛是生我的时候留下的病根。

父亲说，当他第一次看见母亲时便将他手中的一切全部扔下了。那就是说，一杯红酒和一个女朋友——女友的芳名及模样现在早已忘却，然后立刻就向她求婚。母亲拒绝了。

所有的一切都看不顺眼，所有的一切都打扰她。因此最好的办法就是躲开她。我想母亲的本意就在于此。

凭借1967年为《房屋与家》杂志所做出的贡献，母亲获得了"亚麻油毡地板奖"。《噪音低，有弹性，走在上面很舒服》这篇著文是被评委们选中的主要依据。

据我所知，她没有任何朋友。从来没有人给她打过电话或是来家看过她。在母亲的葬礼上只有父亲和我，还有一个老头儿。他自我介绍说，他是《房屋与家》杂志退休了的编辑。老头儿哭得跟个孩子似的，我也一样。

我想她并不希望有孩子。

4

　　沉重的棕色大门又在他身后关上了，他站在门口。他说过，他是要去看个朋友的。他站在三楼的楼梯口。他站在那儿，用舌头抵住上颚弹出一个响声。他听到了回声，一个很普通的回声。这白黄色的灰泥墙和灰色的带着黑色比目鱼图案的石阶梯总是凉津津的。在漫长而炎热的夏季里，他可以只穿着短裤躺在一层石梯上，将这石头的气味、这尘土和灰泥的气味吸入胸腔。楼房的外壳是红色的砖墙，在夏天太阳能把它烤得发烫。他想，要是他把一只手放在墙上，准会烤糊了它。他小心地穿过了低矮的带刺的荆棘树丛，走近砖墙。他要试一试，维格沃特把一只肮脏的小拳头放在墙上。可手没有烤焦，砖不烫人。太阳把他的手晒得温暖而柔和。砖石是红的、粗糙的，这是他的砖石。他的砖石，他的色彩，他的世界。还有那些大石头，那些顺着路边安放的一直通向下面商店的那些又大又圆的石头。他奔跑着，他总是往前奔跑。他跳跃过那些石头，它们就像跨栏赛跑中的一个又一个的栏。一次一个大男孩叫住他，对他说：喂！你将来要当世界冠军的，真的。他说，你老是这么跑啊跑的没个停。对，那是夏天里的事了，可眼下是在冬季里。他站在楼道的出口处。他想，他一定不会成为世界田径赛冠军的，长大了也成不了。但他要做一个考古学家，一个发现维京时期的头盔和长矛的人。他们只需用一把铁锹往地里这么一挖，那些古金币和大铁剑便立时会撞得叮当直响。父亲是面包工厂里的经济主管，这听上去有点没劲。不过或许在马戏团那儿就不一样了。对，肯定是在马戏团里，在那里就完全是另一回事儿了。

一次父亲和维格沃特坐电车到了一辆公共汽车那儿。汽车载着他们穿过了整座城，到了那个大马戏团帐篷驻扎的地方。面包工厂的头头们都从马戏团经理那儿得到了免费入场券。当那个活生生的穿着红色制服的小矮人接过他们的票，再把它们撕成两半时，维格沃特把父亲的手拽得紧紧的。在这一刹那间，他和小矮人的目光相遇了。维格沃特有一种与他似曾相识的感觉，虽然他以前从来没有碰见过一个小矮人。是他们以前相遇过？还是他们曾分享过一个只属于他们俩的秘密？不管怎么样，维格沃特朝着小矮人点了点头。对方犹豫了一下，用审视的眼睛瞅着他，然后点点头。维格沃特这时真想同他说说话，真想走过去，走上前去和他并排站在一块儿。可身后的人群推拥着他们往前，父亲拉着维格沃特，突然一下子，他们就站在了这大帐篷的里面。观众席上的位子已经坐得满满的了。这一次是世界上最高的人接待他们。这个人看上去差不多有两个父亲那么高，这就难怪他身上的制服不合身了。红色上衣的袖子只齐到他的胳膊肘那儿，同样红色的下装裤管刚刚盖过膝盖。维格沃特忍不住笑了，他抬头望望父亲，可父亲没有笑。他挤紧双眼，样子就跟母亲头疼发作时那样。这穿红制服的长人替维格沃特和父亲在前面开道，然后他举起手臂用一个幅度很大的夸张动作，邀请他们俩就座。这一定是全马戏团场子里最好的地方了。他们坐在最靠近圆形表演场地的单独的座位上，前排正中。维格沃特几乎不能相信这是真的。他的身子前后左右地转动着，希望所有的人都注意到，是他坐在了这最好的位置上。甚至他假装认识坐在最后面靠近帐篷壁的那几个人。他探起半个身子向他们挥手打招呼，这样的话所有人便能看见他了。父亲在座位上欠了欠身子，脸上带着一丝愠怒。

"我想我看见西门了。"维格沃特说。

然后，然后这一切就这么结束了，真遗憾。当他们坐着公共汽车回家时，维格沃特遇到了难题。他实在很难挑出哪个节目是他最喜欢的。在所有喜欢的节目当中，最喜欢的可能是那两个表演荡绳的。一男一女从帐篷顶下最高处的高台上凌空跳下，然后悬挂在一个小小的秋千架上在空中荡开来。男的头朝下用脚勾住秋千，女的吊挂在他的双臂上。"我爱你！"男的说。"我也爱你！"女的回答。

不，不！他最喜欢的应该是那个从奔跑着的马上跳下来的漂亮女人。在两匹马之间跳过来又跳过去的同时，身着一件紧身衣的她一直微笑着。她的笑容使得装饰在披肩上的那些亮闪闪的金属片儿，看起来更加明亮灿烂光彩夺目。

要不，就是那个来自高加索的蛇人。维格沃特有点困惑不解了，这个被介绍为来自高加索的蛇人，跟安排他们座位的那个人看上去一个模样。现在他脱下了那件过于狭小的制服，穿着一件宽松飘逸的白色长袍站在表演场地中央，接受观众的鼓掌声。维格沃特抬头望望父亲，父亲向他点了点头。他明白了：这是同一个人。他们曾与这个来自高加索的蛇人是多么接近啊，可他对这点却全然不知！

当维格沃特看见这个长长的人竟设法想把自己装进一个很小的匣子时，他忍不住笑了。像这么小的匣子，就是维格沃特他自己想钻进去，也准得被卡在半道上的。这个长人是绝对不可能成功的，就像他穿着红色制服安排他们就座那会儿称自己是来自高加索的蛇人一样不可思议。

蛇人把匣子举在空中给观众们看，然后把它像戴帽子一样放在头上，这样大家就能看出这个匣子是多么的小。不光是维格沃特，许多人也都笑了。有的人打起唿哨，欢呼与呐喊的声音一阵高过一阵。直到突然在帐篷里响起一阵轰隆隆的滚动般的声音，全场的人立时鸦雀无声。

"让我们屏住呼吸，等待这让你永远难忘的时刻吧……"

紧接着响起了微弱的鼓击声。真让维格沃特难以置信，这个长人把一条腿伸进了匣子，接着是另一条腿。随着这急促的鼓点声渐渐激烈响亮，他的两条腿不见了，在匣子里消失了。这个长长人已缩减至一个长长的上半身。他将两臂举过头顶，开始向左右微微地扭动自己的身体。事实上，现在他的上身也看不见了，最后只剩下了头和他的双臂还露在外面。维格沃特凝视着长人的面孔，这会儿那张脸已是汗水淋漓了，仿佛他是坐在卫生间的抽水马桶上。他的脑袋向两侧摆动着，就像他真是一条蛇那样。渐渐的，他的头部也消失了，先是下颚和嘴，于是只有眼睛和额头还在外面。突然，蛇人的双眼盯住了维格沃特。与他的目光对视的瞬间，维格沃特不觉感到心里强烈地一震。接着他的整个头部消失了，然后他的手臂也不见了。大家最后看见的长人，只是他那在空中屈伸舞动的长长的十根手指头。然后手指头碰到了匣子盖的边缘。在匣盖合上的那同一瞬间，鼓点声戛然而止。全场一片肃静，所有人的眼睛都集中在那只放在表演场地中央的小匣子上。它看上去像是被人遗忘了的一件行李。然后便是灯光齐放，照得全场雪亮。维格沃特感到，他真想这么永远永远地坐在这儿，就盯住那只匣子。两个身材魁梧的助手走上场来打断了他的思绪。他们从铺着锯木粉的地面上举起那只匣子，让大家明白，这里没有像人们说的那种通往地下的秘密梯道，好让来自高加索的蛇人借此从这儿溜掉。这两个大汉小心地把匣子再放回地上，打开了一个盖口。场上的灯光暗淡下来，击鼓声又相伴响起。这长人的长长的手指头出现了，它们在追光灯黄色的光束下舒展舞动，追逐光线。此时全场爆炸开来，狂喜的欢呼声响彻了整个帐篷。维格沃特觉得这雷鸣般的鼓掌与叫好的声浪，像是把他高高地掀托到了空中。他旋转着越升越高，一直到了那荡绳表演者嬉戏追逐的帐篷顶的最高处。与此同时他的双手在不停地鼓掌。他拍呀拍呀，使劲地拍巴掌，他为那个无与伦比的来自高加索的蛇人、那个穿着红色制服为他们安排座位的长长的人鼓掌。

然后就是大象了。这些象会坐下，会用两腿支撑着身体站立，会侧卧在地上，还会用它们的长鼻将世界上最大的皮球互相抛来抛去。还有会发出声音的海狮、攀来爬去的猫。再就是小丑，小丑这当然是少不了的。其中一个小丑的表演最逗人，维格沃特笑得太厉害，把尿都撒在裤子里了。其实倒不是这小丑有什么绝技，只是他玩把戏的方式稀奇古怪的。他故意跌到在地上的样子，他踢气球的样子，他把水从嘴里喷出来的样子都很特别。在做这些动作的时候，他本人没有一点笑容，一直是一本正经的，可引得维格沃特哈哈大笑。直到坐在公共汽车上想到了那个最滑稽的小丑时，维格沃特还忍不住笑。他望着父亲，父亲没有笑。

"你觉得小丑可笑吗？"

"不，维格沃特。"

父亲沉默了好一阵子。

"我为小丑感到难过。去马戏团我总是非常非常难过。"

"那为什么你去那儿呢？"

"我想，你会觉得去那儿很有趣。"

维格沃特将脸贴在公共汽车的玻璃窗上，看着城内高大的灰色的围成方形的住宅区飞快地向后退去。汽车行驶在他从未去过的陌生地方。他想去拉动那让车停下的绳开关，自己独自下车去，不要父亲跟着。他想那个小矮人了。跟小丑在一块儿也肯定好玩。但他想，或许他可以和小矮人在一起，就是这小小的穿红衣的小矮人和维格沃特，就他们俩。

现在维格沃特要出去看个朋友。他开始走下楼梯来，他把手放在那坚硬的黑色塑料楼梯栏杆上，顺着往下方滑去，让手和栏杆扶手之间蹭出一阵尖锐的摩擦声。

维格沃特想，父亲、母亲和他实际上跟住在地底下一样。这就是难怪从来没有人来过他们家做客，难怪父母从来没有去拜访过朋友，也从来没提到过什么朋友。维格沃特有朋友，可他决不带他们到家里来。因为他们家住在地层的下面，这必须是个秘密。他把人放进来的一刹那间，这个秘密便会完全泄露出去了。

维格沃特有时想，他自己是一个在童话里被施了魔法的王子。白日里他可以出入于那漂亮的光彩照人的人群之间，一整天都呼吸着清新的空气。但每到夜晚，他就得回到地底下，回到那捉住了他、他所归属的妖怪那里。在那里他自己就成了泥土，成了不堪入目的秽物。

"母亲？"

"嗯？"

"为什么我们这么丑陋难看？"

"谁？"

"我们。你，我和父亲。"

"我不知道，维格沃特。"

她织着毛衣，将周围这个世界完全抛在了脑后。这种情况对维格沃特不是第一次了。他能听到毛线签子的声音。当母亲完全进入自己的天地时，毛线签子就会以一种很特别的方式互相摩擦碰撞着。维格沃特想知道她坐在那儿到底在想什么，在这毛线签子的世界里她到底能看出个什么名堂。他知道这时候他几乎可以说他想说的任何话，但说了也是白说，所以这会儿开口说话毫无意义。

维格沃特躺着睡过去了。突然他醒过来，母亲站在那儿，弯下身子对着他。她的脸色苍白疲倦，满脸皮肉松弛。她颤抖着，整个身体都在簌簌发抖。

"我也丑陋难看吗？"

"什么？"

"你认为你的母亲又凶又丑吗？"

"没有，我……"

"不许跟我撒谎！"

"可你不丑，你是最漂亮的。"

"我从前是最漂亮的。"

"是的。"

"我从前是最漂亮的，想着这点吧！"

母亲在鼻子里哼哼着，呼吸就变得不通畅起来。

"我是难看。可你呢，哭哭咧咧的。"

"请原谅。"

"你说什么？"

"请原谅。"

猛然间，母亲看起来好像就要揍维格沃特了。父亲出现在旁边。他穿着带条纹的睡衣，赤脚站在维格沃特房间的地板上。他一把抓住了母亲的手臂。

"好了，好了，"父亲说，"来，去躺下吧。"

母亲猛地一下掉转身子，一抬手，"啪"的一声掴了父亲一个大耳光。

"好了，走吧，"父亲又重复一遍，"维格沃特该睡觉了。"

母亲转过身来望着维格沃特。她不再颤抖了……她把一只手放在嘴上，在维格沃特的床上坐了下来。

"别哭了，"她说，"原谅我，维格沃特。"

维格沃特努力想做出一个笑容。

"没什么，我不再哭了。"

可母亲现在开始哭了起来。父亲搀着她走出维格沃特的房间，回他们自己的屋里去了。维格沃特躺在床上，听着她低低的啜泣声。他想到了父亲那只在她背上上下抚摸着的手，还有父亲那平静的声音。

　　"好啦，"父亲向她低语着，"好啦，好啦……"

5

　　它在跳舞！大象又开始跳舞了。我踮起脚尖，通过一个小孔往里窥视。里面黑黝黝的，什么也看不清楚。但我可以想象得到，是大象那庞大的身躯在一左一右地摇摆旋转。它用后腿支撑着身体向右边转半圈，然后前腿放下重重地叩在粮仓的地上。再向左边转圈儿，再放下前腿。同样的步伐，同样沉重的动作。当大象被拴住捆在那儿的时候，它的活动范围只能有这么大。我绕到房子的屋角处，推开大门。光线一下子倾泻进来照亮了粮仓。正在兜着圈子的大象停了下来，把目光直投向我。它那双极大的像老人一般的眼睛注视着我，锁链抖动着。大象握住一段粉笔，试图在墙上那块黑糊糊的地方上写点什么——它写下人们念出的字，已是很久很久以前的事了。

　　"欢迎，"我高声说道，甚至把字母一字一字地拼读出来，"HU—AN—Y—ING。"大象又试写了一次，粉笔掉落在地上。

它便不再去碰它了。以前可从来没有发生过这种失误。我把一小堆一小堆的粪便铲进一辆独轮手推车里，又把两口袋干硬的陈面包倒进了食槽。我拾起地上的粉笔头，现在再没有必要去搜集新的粉笔了。我转身走了出去，把大门在身后关好。站在粮仓门外，对着阳光，我眯缝起了眼睛。脚下方的道路上寂静无声。位于土地另一边的低层矮砖屋群，似乎像是已经被人遗弃淡忘了。在太阳的强光下，窗上的玻璃变成了黑色，发出耀眼的光芒。塔楼，这曾经是全挪威最高的建筑物，如今看上去只像一座类似库房的小高楼。就在这一刹那间，我不禁想到是谁在特吕格弗·赖伊之后，住进了他在第十四层的这套公寓呢？当他刚搬到这里时，这整栋楼房便称为特吕格弗大厦。那会儿我还没出世呢，可霍夫伯爵已经把他的牛群赶到了外面的草地上。当时从联合国归来后的特吕格弗·赖伊，他的气势和排场就连他的挚友挪威国王本人也不能与之匹敌。特吕格弗·赖伊被看做是世界上最有权势的人物。他是纽约市的荣誉公民，住在塔楼的最高一层，享受不纳税的美元养老金。在从第十三层到第十四层之间，他有自己的私人电梯，占了整整一层楼的公寓房这自然是不消说的了。从极宽敞的一共三间的大客厅那里极目远眺，他可以一直看到海湾。卧室外则是秀丽的风景连绵数里，一直延伸进城市以北的大森林。这个来自城东郊的小男孩在世界历史上书写了自己的名字，为整个挪威王国争了光。像我们当中的许多人那样，他现在已经差不多被人遗忘了。但若在这个世界上还存在有公理二字，就应当在塔楼前为他竖起一座雕像，一座特吕格弗·赖伊的雕像。在这里还应该写下这样一段话："联合国的第一任秘书长、第一位世界公民——特吕格弗曾经在这里居住。他没让这肩上的重任压垮了自己。在世界的整个冷战期间，为了和平和自由，他自始至终是一位勇士。世界怀念着他。"若世上还有公平和正义，上面这段文字就应该作为特吕格弗的碑铭。

曼内总是说，他父亲是特吕格弗最要好的朋友。现在我站在这里，在粮仓的外面，用手放在额头上遮住太阳光。我不由得露出了微笑。这塔楼最高的那层楼、整个的一层楼完全看不见了，就像给人搬了家。我前面说过了，这一定是太阳的光线的缘故。特吕格弗离开人世至少有三十多年了。在他逝世的时候，全挪威都为他降半旗志哀。

我想要一张明信片，一张以这低层楼房区的最后一栋房子为主体的明信片。上面要用蓝色圆珠笔划上一个大大的十字：我住在这里。站在粮仓外我将这句话一字一字地为自己念出声来：我—住—在—这—里。我朝着那个窥视孔走去，伸直身体踮起脚尖往里瞅。大象已安静多时了。现在它又开始移动身子跳起舞来。同样的步伐，同样笨重的动作。它刚不久前还跳舞来着，现在看来它不想其他事了。我倒真希望大象能干点其他什么事。我已被它搅得心神不定了。比如，它或许可以发出声音，叫它几声。这样的情况是发生过。当它呼叫起来，声音听上去就跟沉闷的雷声一样，轰隆隆的。

　　我睡不着觉，我常常哭泣。我以前也曾睡不着觉，也常常哭泣。我要说的不是这个。这些事对我来讲早已画上了句号，我总算是解脱出来了。像大象这样左右左右的走来走去的动作，被称为"编织行为"。因为这个动作是准确无误的再三重复。关于这个"编织行为"的事是霍夫伯爵告诉我的。他曾在西班牙的动物园里，看见过一头北极熊在它的深洞穴里进行这种编织动作。就是说，熊在那里不停地机械地走过来走过去。在如火烤般的太阳强光下，它走着极单调的北极熊的舞步。摇晃着向前，摇晃着向后，再向前，再向后。两年以后伯爵从西班牙回来，看上去他真的就是这样被弄得心烦意乱，从此不再有安宁。这北极熊始终就这样以这病态的屈辱的步子在走着，向前向后，再向前，再向后。现在这"编织行为"上我这里来了，就在我的粮仓里。大象就这么向左向右地转过来转过去，这么织呀织的。可就是织不出变换的图案，织不出色彩绚丽的地毯，也没有视觉能见到的实质性的尺寸变化。只有这动作本身在单调的重复再重复。这大象身上一定存在某种无与伦比的至高无上的主宰力，这是毋庸置疑的了。在这里实际上我是不受欢迎的。我被逼迫着退出我自己的粮仓，我被一只大象逼迫着退出我自己的生活。我试着再找回自己。我呼喊，我住在这里。我呼喊：我—住—在—这—里。但它不听我的。没有人听我的声音。

6

以前我失眠的时候没这么难受。那时候阿列克谢·科尔尼洛夫和其他的人住在这里。我喜欢躺在床上想象着外面的情景。在粮仓背后的大棚车外面的他们，在篝火闪烁着的红色火光中的那些黑影子，他们的交谈，那些无休止的关于上帝、上帝的怜悯的谈话——怜悯之手正是我所苦苦寻求的。而当人们说起这些话题的时候，他们的心灵应当有所触动。可坐在下面的那些人只是夸夸其谈，说他们如何见多识广，如何对各种知识兴趣浓厚。或者他们自己本身就是博学多识，有一副热心肠。对了，是怜悯，我寻觅的就是怜悯。以前我可能就是喜欢这么躺在床上胡思乱想的。要不我就爬上窗台，往下看那些篝火旁的幢幢黑影。我能听到低低的歌声，那些属于他们的大自然、他们的田园风光的歌曲。他们思念着那块红色的土地。有时候我走下楼梯，走到外面来。经过粮仓，朝他们那儿走去。我在篝火旁坐下来，有人递给我一个酒瓶，我接过来再往下传过去。大伙儿坐在一起，目光凝视着篝火。我觉着我仍是孤独一人。我的目光不能完全触及到篝火上飘动的火苗儿，不能触及到温暖。而温暖正是我所寻觅的。马儿在棚子里用蹄子刨掘着地面，大象在粮仓里走起它独特的舞步。有人唱起了草原上的一支歌。草原在我的心中，在我的嘴里，我的舌头上，我的手里。不是怜悯的手，只是手。我的手，我—的—手。我没有手，这手是不属于我的。我有手，可我又没有手。

我跟着唱了起来，我像一个小男孩那样跟着唱了起来。我那双大大的孩童般的眼睛，被袅袅升起的烟雾中迸发出的点点火星吸引住了。人们没有把篝火残余的火烬完全踩灭掉。这都是很久很久以前的事了。嗷，我呻吟了一声。嗷，又一声。嗷！嗷！嗷！我大声呼叫起来，可他不听我的，可乐人不听我的。没人听我的。只有我自己能听见，听见这一切！我只是不能把它说明白，说清楚。我走了回来，回到我的屋里。我躺在床上。我起身下床，脚啪嗒啪嗒地走过地板来到窗前。他们不在了，他们已经走了。在很久很久以前他们曾在这里。现在没有了歌声，没有了篝火发出的噼噼啪啪的爆裂声。只有大象来回走动着的单调的脚步声。每当它的前腿着地时便发出"轰"的撞击声，"轰"的又一声，"轰"的一声再一声。他思念他们了，巴蒂尔大象也在思念他们。可他们离开了，他们走了。他们回到来的那个地方去了。

7

　　他们沿着道路走过来了，缓慢沉重，看起来像是一群流浪的吉普赛人，又像是游牧部落流浪行进的大篷车队，也像是一个马戏团。看起来还是最像一个马戏团班子。这正是一个马戏团，斯塔科奇马戏团。这绝不是规模最大的，但也不是那种顶小的班子。他们有二十五个人、七条狗、三匹马、一头大象，一辆塞得满满的完全超载了的客车，三辆载重汽车和九辆篷车，在这个流浪队列的最最头里的是一辆警车。我站在客厅的窗户跟前，眼睛随着车移动。警车停了下来，一个警官走下车来，往后朝那辆客车走过去。那是贝恩特森警官，正是他。他跟客车司机在耳边嘀咕了几句，然后又走回自己的车，坐进车里。其余的那些人都留在原地不动，那时候我还不认识阿列克谢·科尔尼洛夫和他的这些伙伴们。贝恩特森开着车朝我的方向过来，车在客厅的窗外停了下来。他走下汽车，戴上一副飞行员用的那种太阳墨镜，那种反光镜式的。他站在车的一旁，两腿叉得很开，脸冲着我，像是在笑着。我躲在窗帘后面一会儿。或许我不喜欢他站立的那个姿势，或是他那副眼镜，或是什么其他的东西。我偷偷朝外面再看看，他还站在那里。最后我走了出去，站在房前的阶梯上，眼睛并不朝着他看。他大声地清了清喉咙，说想知道我过得怎么样。我耸耸肩。

"好，维格沃特，不错，不错！"

我点点头。

"你现在很长时间没打电话来了，是吧，"他说，"我很久没听说过关于这个可乐人的事了。"

我不明白他是什么意思，我们就沉默着站在那儿。

"你看见我们啦，"他说，"你看见我们过来了。是不是？"

他把头朝后面扬了扬。从阶梯这儿我不能看到下面的路，客车和那些大大小小的拖车篷车都已停在那里，他这么一说我也就知道了。他也说到了阿列克谢·科尔尼洛夫。是的，他没提起阿列克谢的名字，他只是说那是一个苏联的马戏团。他们是应邀来到这里的，可他们没有返家的旅费，没有地方可住，也没有钱。我记不起他说的所有的话，但我记住了贝恩特森最后对我说的话。

他朝着我走过来，走得很近，几乎靠近了我。

"就这样说定了，维格沃特，"他说，"那他们暂时就住在你这里了。"

他在我的肩上捶了一下。这一拳虽然把我捶得很疼，他实际上不是想伤害我，只是为了表示友好。因为我们——贝恩特森和我，是朋友。然后我掉开了脸，只听见他说收留下这些人是要付给我报酬的，市政府会付这笔钱。

以后阿列克谢·科尔尼洛夫告诉了我整个故事，也可以说是这个故事足以使我了解这一切是怎么发生的。他们这一伙人来自圣彼得堡，经过这么遥远的路程，来到这儿是为了参加在挪威南部中心城市的一次巡回演出。所有的这一切都是马戏团的负责人和挪威的一个剧团经理共同策划安排的，挪威方面将负责广告宣传，供演出使用的帐篷和当地的工作人员。他确实工作得极为出色，阿列克谢给我看了一张宣传演出的海报。当时沿6号和18号公路两旁的旅社、加油站、镇上集市和人群集中的地方都张贴着这种海报。这是一张很棒的色彩鲜艳的广告画，巴蒂尔大象披着最华丽的装饰，阿列克谢本人正在将一团熊熊的火焰放进嘴里，围绕着他们的是一群小丑和狗。画面上的人和动物的数量大大超过他们团里的实际情况，阿列克谢自己也得承认这一点。当他们这支队伍浩浩荡荡开进拉维克市进行巡回演出的第一场表演时，团里所有的成员，包括人和动物都表现出了孩子般的喜悦和欢欣。当阿列克谢讲到这里时，他的眼里涌出了泪花。这次演出获得极大的成功，这是估量他们艺术水准高低的唯一方式，特别是演出的那场开幕式场面颇为壮观。他们为此准备了好几个月——从接到要去挪威作巡回演出的通知那时就开始了。再没别的大象能跟巴蒂尔一样能完成如此高水平的演出，也再没有别的驯兽员能跟阿列克谢一样能教会它这些把戏。

在无声无息的黑暗中，巴蒂尔大象被牵进了表演场地的中心。站在它身旁的是阿列克谢。他穿着一身黑色服装，为的是不让观众看见他。从一盏小聚光灯发出的强烈的光线中，一块大黑板进入观众的视线。乐队尖锐的鼓点声以进行曲的节奏响了起来。突然间巴蒂尔的长鼻在聚集的光线束中出现了，它用象鼻子的尾部卷起一只粗大的彩色粉笔。此时鼓声更加激烈响亮，光束也渐渐地集中在了大象身上。巴蒂尔开始在黑板上写字。它写下"欢迎"，"欢—迎"，它写出了这两个字。这时候整个帐篷一下子沸腾起来，观众席上的人们依次举起手站起再坐下，为巴蒂尔做出欢呼的波浪，所有的人都为它的高超本领欢呼。从场内到了场外后，他们还在兴奋激动，赞叹不止。在第二个城市的演出也同样成功，大受观众的欢迎。可当他们到了滕斯贝格市时，遇到了意外情况。突然出现了兄弟两人，说他们有证据在手，演出使用的帐篷是属于他们的，并且他们没有收到过任何租用帐篷的费用。当最后情况弄明白了时，马戏团经理已经携带着戏票、钱箱，还有那个挪威方面的合作人溜掉了。斯塔科奇马戏团就这样被撂在了一个简易的足球场地上。没有了帐篷，没有了负责人，也没有钱。当初剧团经理给他们解决过吃饭问题，要不就借给他们所希望的伏特加，以此作为预付的工资。现在他们没有任何别的办法好想，唯一的是希望在这足球场上进行一次露天演出，指望巴蒂尔大象能给他们招来观众。可正当巴蒂尔要写它的"欢迎"二字时下起了倾盆大雨，淋湿了的粉笔在它的长鼻卷住时被完全捏碎了。大伙全身湿透又冷又饿，再加上一肚子的怨气。他们把所有的东西打点好装上车，然后人都坐上客车，整个队伍朝奥斯陆进发。实际上他们差不多马上就要进入首都了，可是汽油用完了，汽车不能再往前走，只得在公路上停下来。他们坐在路中央，背靠着汽车喝起了伏特加，同时唱起了俄罗斯歌曲。歌声甜蜜温柔，充满思念之情。现在应当是一个令人发笑的故事，特别是当他们看到因他们而引起的这场难以描述的交通堵塞的大混乱，真想笑起来。可此时此刻，手握着伏特加在倾盆大雨中坐在路中央，还有篷车里是那些装得满满的饥肠辘辘的动物，这就没有什么值得笑的事了。

当警察接到了处理马戏团车辆拦在了交通路线上这件差事时，他们也笑不起来。因为阿列克谢和他的伙伴们拒绝从公路上挪开，要是不先解决和安排妥当他们的驻地问题的话。警察从当时的苏联大使馆带来了一位官员，阿列克谢和他之间发生了一场激烈的争吵。最后的结果是，这位外交官需要在警察的保护下离开现场。因为马戏团全体成员的手里的洋葱头如炸弹般地向他扔过去。当贝恩特森接手这件差事时，可能他也很害怕他的汽车会被那些坚硬的洋葱头砸出许多小坑。至少阿列克谢是这么说的。现在他们就等着结果了：由苏联或是挪威方面给他们安排解决回圣彼得堡家乡去的旅途费用。这就是为什么他们来到我这儿——

伯爵的农场的原因。许多星期过去了，回程的旅费问题总算办妥，于是他们就像跟当初他们突然来到这儿一样突然消失了。可大象还得留在我这里，这次若要将巴蒂尔带回圣彼得堡运费太高。我的朋友，伟大的驯象师阿列克谢说了，他要回来带走巴蒂尔的。他还给了我一个电话号码，要是有什么问题，我可以给他打电话去。

在我铲除地上的粪土，在我搬着面包口袋的时候，巴蒂尔始终用它的眼睛追随着我。

8

　　维格沃特对汽车的事一无所知，因为他的父母亲没有汽车。他到西门那儿去是为了看电视，因为他的父母没有电视。这是一个星期一／或许是星期二／或许是星期三／或许是星期四／或许是星期五／或许是星期六／还是星期天，这是在寒冷的一月里的一天。他穿着棉织的紧身长内裤，外面是厚厚的下装，他出门到朋友那儿去了。他这一年十一岁。他把手放在楼梯栏杆黑色的塑料扶手上，往下滑去。他的手紧贴着扶手摩擦着向前，手便在扶手上产生了轻微的一起一伏。他记得以前这一切都是铁制的。但后来来了一台机器，挤出状如腊肠般的黑色塑料物质，把整个楼梯栏杆给裹上了一层塑料外衣。这样触摸起来就舒服些，或许也更安全些。或许就只是为了他，这个十一岁的男孩要到朋友那儿去，让他在下楼梯的过程中体验感受一下这全新的设计。在白日里这条楼道他已经走过了许多次。这条楼道将引着他走出房屋，走到外面去，一直走到某一个地方。在那里，可乐人很快就要开着车过来了。

在第一层楼过道的另一边住着阿德莱德和她爸爸。有时候维格沃特被邀请上她家去。阿德莱德比他大几岁，对他非常亲切友爱。通常是她一人在家时，她会请维格沃特去。可有时候她爸爸在家时他也去过。没人知道阿德莱德的母亲在哪里，或许她自己知道。不过没有一个人敢去问她的父亲，至少维格沃特是不敢的。阿德莱德的爸爸是个好人，一张狭窄的脸面容苍白。他允许女儿称他为爸爸，大多数人是被称作父亲的。阿德莱德的爸爸总是非常讲究衣着，他的衣服看起来总是比维格沃特认识的其他大人的衣服要干净清洁得多，就跟刚洗过了似的。另外他还擅长绘画。不知从什么地方找出了他给维格沃特画的一张画，一张侧面像。父亲和母亲都认为这是一张相当出色的肖像画。他们认为阿德莱德的父亲天生有一双绘画的手，手指纤细柔长，而且极其干净。可维格沃特本人在这张画里却认不出自己，一丁点儿也认不出来。他试着对自己说：你看起来就是这个样子的！——现在我知道了，可这毫无用处，因为他不知道。有好长时间维格沃特没看见阿德莱德和她的父亲了。可他能听见他们，听见阿德莱德和他爸爸在对着嚷嚷，好像是在吼叫，又好像是在拉扯推打。声音听上去他们好像是把锅盆都整个打翻在了地上。一次，当他们在那棕色的厚重的门背后正闹得不可开交的时候，维格沃特敲响了门，说他是否可以进去看电视——好像是"人民俱乐部"这个节目吧。挪威流行歌手温格·米勒（Wenche Myhre）正在那儿对驻加沙地区的联合国部队士兵露出她的肚脐眼。于是门里面完全没了声音。门栓打开了，在门缝里维格沃特看见了阿德莱德红肿的眼眶，刚好在门的安全锁链的上方。她只是望着他，眼睛直直地盯着他看，没说一句话。维格沃特也没说一句话，只是转过身走开了。他悄无声息地走上楼梯，回到他自己的房间，又缩回了自己的世界。他在书桌前坐下，把一盏灯放在脸跟前，看映在大窗户上的自己的影子。在眼里他看到了自己——这时他听到了母亲和父亲在客厅里说话的声音。他能在想象中看到父亲的一只手在翻着一本百科全书。别想这些，别想这些了。必须精力集中，全神贯注地盯着，盯着看眼中的自己。

在一扇黑暗的玻璃窗中瞅着自己看的时候，会看出些什么来的。当你把一盏灯靠近自己的脸，努力将自己的目光集中，时间到了够长的时候，这张面孔便会发生分解变幻。若时间再长些，你便会看出其间的残忍。隐藏在这张残忍的面容里的是愤怒、罪恶与危险。这时候你就完全变成了另外一个人，或许，这就是你这个人的真实面孔。你就是黑夜。

可是维格沃特往往总是不能坚持到底，他开始打着哈欠。与此同时玻璃窗上映出的他的面孔，影像开始旋转重叠。他被吸进了这个旋涡当中的脸，变成了他所不希望的那张面孔。但母亲和父亲知道他是怎样的一个人。要是他讨厌、不听话，或老是有什么毛病的话，他们可能会告诉所有人。只要他们愿意。

后来维格沃特听到有人说起了关于阿德莱德和她爸爸的一些事情，一些他完全不愿意听到的传闻：阿德莱德在厨房的门那里设下路障，然后自己站在厨房里，把她爸爸的酒一瓶瓶全倒进水槽里。与此同时她的爸爸站在厨房门那里，用他那双美丽的、保养得极好的手捶打门板，直捶得手流出血来。或许，再过了些时候，又听到了她，她阿德莱德也受了伤，伤得不轻。按人们所说的这是"阿德莱德的爸爸干的"。维格沃特怀疑这事实发生的经过应该完全颠倒一下：是阿德莱德在那里捶打着厨房门，用她那双小女孩的手捶打着，直捶得流出血来——这也会伤得不轻吧。而阿德莱德的爸爸，他站在设下了路障的厨房门背后，将烈酒一口口地灌进肚里。那棕色透明的液体从他的嘴角边流下来，从他的口里和鼻腔往外喷出来，污湿了他那雪白的新熨烫过的衬衣的前胸。别喝了！爸爸，别喝了！

阿德莱德有一个哥哥偶尔上她们家来。维格沃特在楼梯上遇见过他。他叫伯恩特。伯恩特说到了共产党和苏联，说住在那里的人为了得到一块香皂，得排很长很长的队。就为一块香皂，维格沃特！说到这里，伯恩特是那么的情绪激昂，以至满嘴唾沫，口水四溅。当他这么说着时，维格沃特不太明白香皂会有这么重要，人们为了得到它得站在那儿排队。排长队，知道吧，维格沃特！就只是为了这一块香皂！

9

　　这些狗会跳窜过火圈，会用嘴接住燃烧着的火把，会用四个声部汪汪叫出《国际歌》的曲调，会在小丑帕夏自己还没来得及动作之前，就吹灭了他生日蛋糕上的小蜡烛。其中两只狗可以在一块带轮的窄窄的木板上保持身体平衡。而与此同时，另外两只狗正在把木板推来推去。它们还会一只站在另一只身上玩叠罗汉的把戏。其中一只叫敏克的狗，头戴一顶小小的粉红色的头盔，尾巴上套上了一只更小的绿色的保护套。这只狗可以让人把它从炮膛里射出去，然后在几米远之外的地方安全着地。这些狗住在一辆篷车中的一个似嫌过小的笼子里。它们都是些卷毛狮子狗，在很长的时间里都是干干净净漂漂亮亮的。对它们进行的全面训练，起码长达好几个星期的时间。接着就来了一位饲养员，她叫伊琳娜。此人工作马虎，毫无责任心，每一次只要有狗稍微靠近她，她便立刻转身走掉。另外要张罗足够的食物也是件难办的事。

就别提这大象了，它吃的东西比所有其他的动物加在一起的还要多。我有粮仓，可没有粮草。我们得收集寻找晒干的干草料和新鲜的刚割下的青草。还有，上哪儿去弄胡萝卜、面包、玉米和麦粒呢？另外就是解决水源的问题。在最初的阶段贝恩特森帮助我们支付食物的经费，他说这是市政府付的款。但我在怀疑，这钱是他从自己的腰包里掏出来的。这种景况也没维持多久，贝恩特森和食物就慢慢地没了影。这时候我才想到了面包工厂下方的那个大废罐。

水是没有问题的。阿列克谢教会了我用高压水龙头给大象洗澡，以及如何使用那用来管教大象的弯勾杖。在汽车房后面我们造了一块泥水塘，这样它自个儿就可以蹚在里面洗泥水澡了。或是它自己往身上浇泥浆水，或是我们给它刷洗，这样便能保护它的皮肤清洁，不受感染，不长寄生虫。可现在大象有很长时间没有到粮仓外来了。自打马戏团的最后一拨人离开以后就没出去过。象的一只左前腿和一只右后腿被链子锁住，一根粗大的绳索套在象的脖颈上，另一端被系在墙上的一根粗大的螺钉上。有时候我也试着给它冲水洗刷，但或许不是很经常。

我站在客厅深处，在天花板吊灯的黄色的光线下，我看着在镜中的自己，直到我得闭上双眼。我听见大象腹部发出的低沉的咕哝哝的声响，我听见大象的心脏每分钟跳动二十五下。我听见自己的心跳。黄色的灯光闪烁着。这样的生活我是能对付的。一天天，一天天地过下去，直到这一切结束。我们所有人都要死的，我也将死去。假如我只是一天又一天地将这日子过下去，最后我也就能面对死亡了。

哦，对了！被链条拴住的大象还站在那儿。我真想把它放掉，让它自由！但我现在还不敢这么做。阿列克谢给我示范过，怎样把并住大象双脚的锁链上的销钉松开，但这件事还得等等。大象左前腿的膝盖那儿流血了，我不明白怎么会弄成了这样，就只看见血这么渗出来。我转过身又走了出去，走出了粮仓。穿过场院，走进了我住的房子。我走上楼梯，走到过道上的那个有手把儿的带抽屉的箱子跟前。在伯爵离开之后这巨大的黑漆箱子就又放在了那里。我取出一块伯爵的白桌布。这么些年来桌布被洗净熨平了，放在这箱子里，等待着卡琳回到他这儿来。这是伯爵心上人的桌布。在灰暗的光线下，桌布闪着白光。我走出去又来到了巴蒂尔那里，扭开消毒药水的瓶盖，将药水淋在象腿上，清洗受伤的地方。再用那个女人的那块白桌布包扎好伤口，用棕色胶布贴牢它。或许我准备好了去药店一趟的，或许我给兽医打了电话——或许电话被电话局掐掉了，或许我没付电话费。要知道，我自己的钱不多。要是能拨通电话，或许我会用阿列克谢给我的电话号码给他打电话。要是能拨通电话，或许我会给我的父亲打电话。我没有死，我还活着，有血有肉的。

10

可乐人从一座大楼里走了出来。他穿着大翻领的蓝衬衣，外面罩一件类似法国勃艮地酒那种红色的斜纹布夹克，一条带有两条背带的棕色西式下装。你可以瞧见胸前的那两条背带，因为夹克是敞开着的。可乐人在楼旁的一家小咖啡馆里吃了点东西，掺有马铃薯泥做成的鱼肉饼，还有浇奶油油汁的红萝卜丝。现在他走在路上。他的嘴唇左右扭动着，牙间丝丝地吸气，剔着牙齿的缝隙——或许有一根红萝卜丝被卡在了牙缝里。我记不得他的牙齿了，可我记得他的手。可乐人踏在地上暗褐色的泥浆里斜跨过马路。我们应当是进城去吧，去市中心。那里的街道上的雪已化尽。可乐人打开车门坐了进去，我不知道这是什么牌子的车。他通常是开一辆蓝色的客货两用旅行车，或许现在还开着这样的车。假若可乐人掉过头去，他会看见车座背后的行李舱那儿有上百个可口可乐的空瓶子。那他该想到什么了呢？什么都没想，或者想到了他的一本相册、一个存档的卷宗？假若他回想，会是什么样的感觉呢？会是爱，是愉悦，是温暖吗？他会不会想到羞耻？！或许可能是这样：每一次当他望见那堆可口可乐的空瓶子时，他心里会突然打个寒噤。顷刻间，他便会感到自己旋转漂浮在悬于空中的一个黑色的大洞穴的上方。他看见的是复仇吗？我不知道。我不知道我是否曾经希望、曾经想象过他在自己的罪恶中被煎烤和燃烧。但我从来就不知道，他是个邪恶的人吗？我想不出来。人们都说，做了坏事的人是要遭报应的。假若我们会遭到报应，这一切都是他的罪过吗，为当时及那以后所发生的一切？可乐人坐进了他的汽车——我说过了。可乐人坐进汽车，他朝可口可乐瓶子转过身去，他是微笑呢，还是恐惧战栗？是浑身冒汗呢，还是在欣赏回味？或许是这所有的感觉都掺和在了一起。可乐人知道这一切将会再度发生吗？在今天的白日还是夜晚，或者是顺其自然随机应变？他是时时刻刻有所准备等待着这一切的发生呢，还是首先感到了某种预兆？比如，脸上肌肉的一阵轻微抽搐，一扯一跳的就在右眼上方。然后脸颊上便会有针刺般的感觉，差不多如同有身后袭来的黑暗要攫住、撕扯自己的那般紧张。当他对这一切明白过来时，已经整个地往下坠落了。在往下沉降的电梯里，往下再往下，不知何时触地，不知何时死亡。是这样的吗，可乐人？

事实上我真想知道这一切吗？想知道他这个人是谁，想知道他在想什么，想知道他是怎么生活的？想知道在这三十多年之后，他现在又在为谁把他的车停下？

11

　　父亲要出门了，这是不经常有的事。但这天晚上是面包工厂的圣诞晚会，据父亲说，厂里的餐厅已用云杉枝和彩纸条装饰得喜气洋洋。站在门厅的镜子跟前，他试着把头发往另一边梳过去。维格沃特觉得看上去不大顺眼。他想知道为什么父亲突然想看上去跟平日不同，正像他在伯爵那儿第一次看到的一本周刊杂志上的那个女人一样。父亲对着镜中的自己试着笑了笑，然后他瞅见了维格沃特正站在自己的房门口那儿望着他。父亲朝他挤了挤眼睛，通常他绝不会有这样的动作。维洛沃特不喜欢有人向他挤眼睛。他不知道为什么，可就是不喜欢。如果是朋友的话就是朋友。如果不是朋友，你挤一千次眼睛也没有用。这天晚上父亲挤眼睛了，因为这天晚上他是另外一个人。这个晚上该轮着他出去，维格沃特和母亲将待在家里。真奇怪，父亲又挤了挤眼睛。但这次是对着他自己挤的眼。父亲已经一切准备就绪。

"维格沃特，我看上去还不错吧？"

"嗯。"

"很神气，很有风度？"

"为什么你的头发要弄成这样？"

"什么意思？"

"把头发朝那边梳。"

"我的头发本来就是这样的，我一向是这么梳头发的。好了，现在你得好好照顾你妈了，是吧？"

"是的。"

突然他们俩听到了她在卧室里的声音。这种声音他们俩以前都听见过的。维洛沃特看见站在镜子前的父亲像顿时矮下去了一截。他后悔自己提到了父亲头发的事。

"我觉得你看上去挺好，挺精神的。"

可这会儿父亲听不见了。他站在那里，眼睛埋了下去，咽下了几口唾沫，然后朝卧室的门走去，进了门。维格沃特这一次不必将耳朵贴在门背后去听了。他可以站在原地不动，听他能够听到的一切。

"你很疼吗？"

"你说呢？"

"你疼。"

"你认为我是在没事找事儿吧？"

"不，不，我……"

"我只是假装的，因为你要出门去找乐子，我受不了。你是这样想的吧，是不是？"

"别瞎说了，我……"

"我很高兴你要出门去，让自己快活快活。我是希望你好的！"

"我知道。"

"现在你肯定会说，你会留在家里了，对吧？你又准备做出牺牲了。同像我这么可怕的人待在一起，你真是个伟大的殉道者！"

"我没这么想，但我不能留在家里。这一次不行。"

"这一次？就像是我以前把你硬留在了家里。啊！我的可怜可怜的人儿，你应该受到同情。我呢，我只是身上疼！"

"我知道你疼，但今天我不能留在家里。现在我去给你拿药片来，然后我再走。"

"你什么都别拿！我自己能行，维格沃特可以帮助我。"

"好了，好了。现在我把药片放在这里了。你好好休息吧。"

"别碰我！"

父亲走回门厅里。维格沃特看见他的手在颤抖，另外还有别的什么东西。父亲看上去成为了另外一个人，完完全全的另外一个人。这不是指他的头发，是他的眼睛。他的眼里有点异样，有了那么一点闪光。直到他望见了维格沃特，他恢复了过来，又成为了他自己。他望着维格沃特笑了笑，那是一种人完全崩溃之后的笑容，疲倦无奈，一种扭曲了的微笑。

"照顾好母亲。"

"你说过了。"

"是……是的……她又犯疼了。"

"哪儿疼？"

"嗯……我不知道，你问问她。"

父亲去参加圣诞晚会了。他走之后维格沃特在门厅里站了一会儿，公寓里寂静无声，一点声息也没有。母亲那儿也没动静。他望着镜中的自己。父亲的发刷放进了镜子下方的五斗柜里，维格沃特把它取了出来，拿起发刷照着父亲的样子给自己梳头发。他对着镜中的自己笑了，又对自己挤了挤眼睛。这时候他听到了母亲的呻吟声。跟父亲一样，站在镜子跟前的他立时就像矮下去了一截。

他小心地走进了母亲的卧室，在减弱了的昏黄灯光下，他看见了枕头上她那张苍白的脸。父亲走之前在床头柜的台灯上搭上了一条毛巾。母亲的额上都是汗，眼睛又大又黑，嘴唇干裂。她注视着在门外走道的灯光照射下的维格沃特。她湿润了一下嘴唇，向他招了招手。他往前跨出一步，母亲的脸不舒服地皱了起来。

"门，"她低语道，"灯光……难受。"

维格沃特尽可能轻手轻脚地合上了门，朝母亲走了过去。他握住母亲伸给他的那双瘦削的汗湿了的凉冰冰的手。

"我们本应该有一个愉快的晚上的。"她说。

她软弱地笑了笑。维格沃特真爱母亲，现在他想的只是这个：他真爱自己的母亲。特别是像她现在躺着的这个样子，在她两次剧烈疼痛发作之间的时候。她望着维格沃特的眼睛在说，她也同样爱他。

"没关系，我们会过一个快活晚上的。"他说。

现在她拍着他的脸颊，用她的眼睛抚摩着整个儿的他，他全身上下的每一部分。

"你是好样的，维格沃特，你是我英勇无比的勇士。"她说。

维格沃特端起玻璃杯，放到了母亲跟前。

"你现在要服药了吗？你知道，我会帮助你的。"

"你对这个又老又丑的母亲实在是太好了！"

"你不丑！"

"那么老，是吧？"

"也不老！你是全世界最温柔最漂亮的女人！"

维格沃特打开了药瓶的盖子，准备试着同母亲玩"侍者服务"[1]的游戏。他把玻璃杯拿在手里，端立在母亲跟前，尽量弯下腰去深深地向前鞠了一个躬。

---

[1] "侍者服务"的典故来自在英国及整个欧洲圣诞节期间的一个极著名的、几乎是必不可少的电视短剧《一个人的晚餐》(*Dinner For One*)。内容主要是在新年晚餐桌旁侍者詹姆斯(James)替女主人苏菲(Miss Sophie)及几位并不存在的客人上菜上酒的过程。其中令人传诵的是著名台词"步骤和去年一样吗，苏菲女士？"(Same procedure as last year, Miss Sophie?)。

"这应该是俄国鱼子酱了吧？"

母亲放光的眼睛。她笑了，微微地点了点头。维格沃特把两粒药片放在她的手心里。

"两份俄国鱼子酱。请，夫人！"

她发光的眼睛里闪烁着热烈的光芒。她又舔了舔嘴，润湿一下嘴唇。

"我想今天我要四份，詹姆斯，我真是饿极了。"

维格沃特犹豫了一下，又深深地弯下腰。

"当然，夫人。四份鱼子酱。"

他又给了她两粒药片。维格沃特把水杯递给母亲。在她用水送下药片时，他用手扶着她的后背。她摇了摇头，扮出一张苦脸。

"味道不太好吧，夫人？"

"味道好极了，詹姆斯，让我真想再吃一点。"

母亲笑了，维格沃特笑了。他鞠躬时，腰弯得更深了些。

"要是有什么事，夫人尽管随时呼唤。"

药片已经服用了，要是知道自己已服下了药，或许会觉得好受些了吧？维格沃特认为应当是这样的。母亲没有回答。她只是注视着维格沃特后退着朝门口走去。她望着他，可并不在看他。当维格沃特把门打开时，走道上的灯的强光似乎对她也无所谓了。他又站在了外面的走道上。一片从未有过的寂静。他在镜中看着自己，让他想到了那个愚蠢的理发师。维格沃特一把揉乱了头发。他又不去参加什么圣诞晚会，他将留在家里和母亲在一起！

他仍然开了一个派对，在厨房里给自个儿开了一个圣诞晚会！首先他从碗橱的最最里面，在扁平面包和脆麦麸面包片的后面找出了巧克力粉。然后以他自己特殊的秘密方法兑制饮料。在一个玻璃杯里先倒进二十勺巧克力粉，然后倒进牛奶——重要的是，不要用勺子去搅拌它。维格沃特觉得每喝一口这巧克力牛奶，他自己便变得强壮了一些。喝完之后，他掂量着是否再给自己调一杯。但很快他就明白了，他是什么也喝不下了。取牛奶的时候，他在冰箱里的搁架上看到了鲜乳脂。他把母亲的骄傲——一个小小的灵巧的搅拌器找了出来。对这种搅拌器母亲自己曾在《房屋与家》杂志里作过这样的描写：这无与伦比的新式厨房用具，操作无噪音，易于装拆，易于清洗，搅拌大份小份均适宜。维格沃特把鲜乳脂倒进碗里，再加上一点点糖，然后开始搅拌。他用一把汤勺吃打好了的奶油糊，不停地吃，最后他得像大人们说的那样——平躺在了地板上，为的是让胃里的食物沉下去。实际上他早盘算好了要吃掉放在冷藏室里的冰淇淋点心和最下面一层抽屉里的黑巧克力。可不知为什么，它们看上去像是过期了，不新鲜了。

母亲现在叫了起来，他听到的声音像是穿过了层层的布透过来，就像母亲是隔着尿布在说话。叫他名字的声音在尾音时，几乎就是一种打嗝声。这声音终于传到了正躺在厨房地板上的他的耳朵里。

母亲躺在床上，卧姿完全跟刚才一个样。她的眼睛看上去更大了些，更显得湿漉漉的。这双眼睛让他想到了在一本书的图画里见过的一种特殊的蝴蝶。他拿起床头柜上的小毛巾，走进了浴室。他把毛巾用凉水浸了浸湿。她躺在那儿一动不动，只是用眼睛追随着他。维格沃特把冷湿的毛巾放在母亲的额头上。她用舌润湿了一下嘴唇。

"你想吃点什么吗？"她问。

"什么？"

"你想吃点什么好东西吗？"

"不用，谢谢。"

"巧克力牛奶？"

"不用，谢谢。"

"冷藏室里有冰淇淋。"

"不用，谢谢。"

"你临睡前，吃点冰淇淋吧。"

"好的，谢谢。"

"你得马上去睡觉了，知道吗？"

"是的。"

"我们可以下次再好好玩，你说是吧？"

"是的。"

他记不得他做的梦了。可他首先想到的是，他很高兴他醒了过来。然后他明白是什么惊醒了他。

母亲站在他的书架和写字台的地板中央。她似乎在舞蹈，看上去她仿佛像只鸟儿。她朝着他迈出了一步，但必须得马上让一把椅子支撑着身体。她的手里握着一本已经翻得很旧了的《格林童话集》，嘴里说着什么。他先没有听出来，因为她的说话声很低，说得也很慢。

"我们忘了读故事了，我们得大声地读。"

维格沃特不知道他该说什么才好。他可以说，睡觉前他们一般是不念什么故事的。再说他已经睡了，而且觉得没有什么不舒服的地方——但他什么也没说。

"你想听《小红帽》的故事吗？"

她已经给他念过若干次小红帽这个故事了。据她自己说，这是她唯一喜欢的童话。可维格沃特他自己却认为这故事比较适合小小孩，而不是像他这么大的男孩。不过他明白，他现在回答什么都没意义，所以他不置可否地点点头又摇摇头。母亲缓缓地舞着，朝他走了过来。维格沃特扶住了母亲。

"你又服药片了吗，母亲？"

她坐下来，朝他笑着，模样很开心。

"对，就是《小红帽》，现在你听着。"

她打开了书，却并不埋头看书页。她可以背诵这整个故事——再说，她现在的身体状况也不像是能够念书的样子。

维格沃特试着不去看她。他把身子稍稍抬了起来，背抵着柜子的壁板，闭上了眼睛。让那低低的、耳语般的声音在屋内响起，回旋飘荡。

"从前有个非常美丽可爱的小女孩,人人都爱她。而最最爱她的是她那年老的外祖母,她愿意为自己的孙女做任何事情。"

维格沃特试着去想象离家后的父亲在面包工厂的餐厅里的盛大圣诞晚会上的情景。现在他们或许在围着圣诞树唱迎接圣诞的歌曲了。父亲或许会以另一种嗓音唱起《我在圣诞之夜歌唱》。他们肯定会唱这首歌的,然后就是圣诞礼物啦。不过他想不会有圣诞老人出现的。

"当小红帽在树林里走了一段路后,她碰见了狼。可她不知道狼是一种多么凶残的动物,所以她没有一丁点儿害怕。'你好!小红帽。'狼说。'你好!'小红帽说。'小红帽,这么一大清早你要上哪儿去啊?'狼问。'我要去看外婆。'小红帽回答。"

她不知道狼是一种多么凶残的动物,维格沃特想,所以她是不会害怕的。他看见了狼直盯着小红帽的那双眼睛,以及小红帽如何没有其他选择,只能完全按照狼说的话去做的一切情景。狼说:"摘下花!"小红帽就把花摘下来。在奥斯陆是找不到狼的,在整个挪威也几乎找不到狼。只有在去莫斯镇路旁的动物园里,有只瘦骨伶仃身上长满了疥癣的狼,一只疲惫不堪极不快活的灰狼。在这个冬天的早些时候,人们在那里也可以观望到朝这片楼区走下来的一头迷失了方向的麋鹿。一天当维格沃特和西门在放学回家的路上,那头麋鹿就突然站在那儿。它在塔楼下方的一处地方吃树上的树叶儿。警察已经到了现场,他们做好了准备要将它诱入一个由云杉树围成的口袋样的地区。从汽车里走下来一个警察，手里端着一只大步枪，他向麋鹿的屁股上射出一支麻醉针。开枪的当儿，警察看上去有点无精打采的样子。麋鹿猛地抽搐一下，继续吃了几分钟的树叶，然后麻醉药的药性发作，它的腿开始瘫软下来。它迷迷糊糊地站在那儿，嚼着树叶，完全身不由己了。又不知道是因为什么原因，这头麋鹿被运送到了动物园，给它取了个名字叫弗里乔夫。麋鹿不知道警察是一种多么无情的动物，因此它没感到一丁点儿害怕。

"'外婆，你的耳朵为什么有这么大？'小红帽害怕地问道。"

突然间，母亲一下子从椅子上滑了下来，身子像一只沉重的口袋那样歪倒在了地板上。看上去她并没有伤着自己，躺在那儿的她出奇的平静。她的一只手臂还悬挂在椅子上。就在这一瞬间，整个手臂一下子耷拉下来，坠落在地板上发出了声响。维格沃特立刻一个翻身滚下床来，跑到母亲身边。他呼唤着她，可她只是静静地躺着一动也不动。维格沃特看到母亲还在呼吸着。

维格沃特走出楼房，此时正是午夜时分。他在睡衣的外面套上了裤子，没来得及穿袜子，光着脚丫子就蹬上了鞋。把厚外套往身上这么一甩就披了上去，然后连蹦带跳地奔下了楼梯。外面漆黑一片，但看得见光亮。或许这是雪地的反光吧。白雪覆盖着的一栋栋楼房，仿佛就像是由蛋白杏仁做成的蛋糕，而不像是供人们居住的屋子。它们看上去仅仅是一种装饰。维格沃特最先想到的就是给特吕格弗打电话。或许他能够陪他到面包工厂举行的圣诞晚会那儿去；或许特吕格弗会对父亲说，他应该回家去；或许维格沃特会让自己躲在特吕格弗那给人以安全感的高大壮实的身躯后面。他红润的脸腔，他那雪一样白的衬衣胸襟前斜佩戴着的勋带，还有那黑色的超长豪华轿车。或许那巨大的超长的黑色轿车可以缓缓地往上方驶去，一直开到面包工厂的餐厅外面。只要这车往那儿这么一停，整个停车场上就会被映照得光亮闪耀，让屋内的一些人注意到它。于是大家全都停了下来，无论是那些正跳舞跳得喘不过气的人们，还是那些正围在圣诞餐桌旁猛吃猛喝的人们。还有云杉枝和那些闪闪发亮的圣诞装饰小灯，那高声震耳的音乐和那些差不多已快燃尽了的蜡烛，一切的一切全都会静止下来，全都注视着那辆汽车。

　　看着这又长又大的豪华汽车，他们自然知道谁是车的主人。"特吕格弗的汽车就在窗外的停车场上！"这个消息会立刻在屋内传开来。于是所有那些身着晚礼服的客人们一起拥向窗口，看特吕格弗的锃亮耀眼的豪华汽车，看辉映在雪地上闪烁着的蓝色的、黄色的光晕圈，即便这是午夜时分。维格沃特的整个身子陷进汽车后座柔软的坐垫里。特吕格弗递给他一块奶油杏仁蛋糕，然后他们看见面包工厂的门打开了，光线如一道洪流从大楼房里倾泻而出。维格沃特和特吕格弗看见穿着晚会盛装的人们汇成的人流缓缓的、小心翼翼地向他们靠近。父亲站在最头里。他向汽车靠拢过来，脸上的表情虔诚恭敬。当他来到车旁时，特吕格弗摇下了车窗玻璃。父亲的声音低而谦恭：

"有什么事吗，先生？"

不，不。父亲做得更恭敬些。父亲是知道应该怎样对这个世界上最有权势的人说话的，他在他的那些书里读到过。

"我能为您效劳吗，阁下？"

特吕格弗那如鸡蛋般的圆脑袋朝后面扬了扬，父亲的注意力被引向了蜷缩在汽车后座的维格沃特身上。这时他的嘴里正塞满了奶油杏仁蛋糕和巧克力。

曼内或许会有这样的经历。因为曼内的父亲和特吕格弗一起跟阿道夫·希特勒打过仗。之后，他们就成了最要好的朋友。或许曼内在这天夜里就可以给特吕格弗打电话请求帮助。可维格沃特呢，他现在是孤零零的一个人站在面包工厂餐厅的门外面。当他举手拍打门板时，他的手竟捶打不出"咚咚"声。还有他的声音，他的声音不能穿透过门板，没有人能听到他在叫门。突然间维格沃特感到他现在是那么的冷，全身寒彻透骨的冷。他害怕了，害怕寒冷，害怕黑夜，害怕躺在家里的母亲会出什么事。他真想哭，真想认输放弃这一切。可他还是用冻僵了的手指头抓住了门上的手把，在狂怒与恐惧中，他握住门把手死命地一拽。此时的他脑子里一片空白，只是往前猛地一下子跌撞过去，与此同时门打开了。屋内的空气中弥漫着烟和烈酒的气味儿，暖融融的。笑声和尖叫的声音。又是一阵高声的笑声。维格沃特是那么的冷，他慢慢挪动冻僵的双腿朝人们聚宴的地方走过去。突然地，他就这么站在跳舞场地的地板中央。这下他注意到乐队此时停下演奏，他周围的那些正在跳舞的人们身子不再旋转。他站在原地，眯缝起了眼睛。在餐厅往里些的地方，那个光线最暗的角落，欢宴还在继续。那里没有人注意到他。维格沃特认出了父亲的背影，可他的双腿不听使唤。他所能做的一切只是抬起手来指向父亲。那时候他的手臂正搂着一个自然不是他母亲的女人。看来父亲也察觉到屋内的音乐声停止了，晚宴如今已经进入了低潮。他转过身来。维格沃特望着父亲，看见他好像烫着了手似的一下子松开了搂在怀里的女人。然后他迈开大步，几步就跨到了维格沃特身旁。维格沃特注视着父亲的有些带着畏怯的微笑。

"维格沃特，你来这里干吗？"

"母亲……"维格沃特嗫嚅着。

父亲一把把他抱了起来，紧紧地搂到怀里。维格沃特闻到了酒和香水的气味，他感到一阵晕眩。面包工厂的圣诞晚会又开始恢复到了欢快热烈的节奏，狂欢继续着。当父亲把他放下来时，维格沃特站立不住，往前一个踉跄。他仿佛跌进了在他脚下的舞池地板中央突然出现的一个旋涡里。

当他清醒过来时，他已躺在了地板上，头下枕着柔软的东西。那个和父亲站在一块儿的女人正在用一块湿毛巾敷在他的额头上。父亲也在那里，他用一块毯子把维格沃特裹好。

"母亲病了。"维格沃特说。父亲短促地笑了一下。

"我知道。"他说。

维格沃特打不起精神来细说母亲现在情况很不妙。他只是紧紧靠着父亲白衬衣的胸襟处，任由父亲把他抱举起来，抱出屋去，放到外面正等候着的出租汽车里。出租汽车！这是维格沃特生平第一次坐出租汽车。他躺在父亲怀里坐在汽车的后座上。或许这比让提里格乌来安排这一切更好些吧。维格沃特开始同父亲讲母亲的事。他说得很小声，这样就不会让司机听见。父亲拍了拍他的脑袋。然后就几乎像一切还没有开始那样，汽车就已经开到了家门口。司机是个和蔼的人，他帮助开了汽车门和公寓楼房的大门。父亲抱着维格沃特下了汽车，又走进楼房。楼道进口处那儿寂静无声。传入维格沃特耳膜的，只有父亲的脚步在楼道里传来的回音和他的快而强有力的心脏跳动声。

12

现在父亲手拿着草耙子站在花园里，头上戴着一顶鸭舌帽，嘴里叼着一只老式的短柄烟斗，看上去活像霍夫伯爵。可这骗不了我，我一眼就认出了他。我站在院篱外面，实际上我是站在路边上注视着他。父亲在用草耙子搂地上的树叶，似乎不把每一片梧桐叶都收拢来他就不甘休。我想这跟年龄有关吧，年龄与文明教养。虽然是父亲造就了我，可他的文明教养就比我的纯净高尚。和他相比，我是一个秽物。我盯着他看，直到他抬起了眼睛望见了我。他冲我像狗那样嚎叫一声，我也回他一声咆哮——这个我是学会了的。他向我招招手，我穿过院篱的栅门走进花园，朝站在草坪上的他走过去。父亲抓住我的胳膊，把我引到了花园沤肥容器那里。这个沤肥容器是父亲曾经获得的一个奖品。那是那会儿他坐着听收音机的一个问答节目时得的奖，就跟现在这种听众回答的老节目一个样。我记得那时的他，只需听问题的头两三个字后便在他的门牙和叼在口边的烟头嘴之间迸出答案来。我想他决不喜爱自己在面包工厂的这个经济主管职务，所以他把所有的业余时间都用来读书，读那些有关增长记忆知识的书和各类参考书籍。他能够回答出我和母亲决不会问他的所有问题。这每星期六晚上长达一小时的电台问答节目，是他期待已久的一周里最最愉快最最兴奋的时刻。可他自己决不会打电话去，即使母亲一再唠叨，说他应该参加这个问答节目比赛。要是他真愿意，他当然会打电话去的。可他不要，他是不会降低自己的身份的。于是父亲和母亲便说一阵，笑一阵，父亲抽着他的烟斗，非常快乐开心。但父亲最终还是给电台打过一次电话，那是在母亲逝世很久以后。或许是他感到孤单，想和什么人说说话。不用说，他自然得了第一名。

"瞧。"他对着我说。他站在那儿，指着那个盖着盖儿的花园沤肥容器。

那次电台提到的那个问题是：伊拉斯谟·达尔文（Erasmus Darwin）是谁？回答是：他是查尔斯·达尔文的祖父，这位科学家有自己的一套人类进化理论。这个答案完全配得上接受一个流线型的家用助热沤肥容器作为奖品。甚至老头子自己也认为这是天经地义受之无愧，实在太不谦虚了。现在他抓住我的胳膊，另一只手簌簌地颤抖着指着那个容器说："一只大肥老鼠住在里面了。听！你听到它用爪子在地上刨抓的声音了吗？"

我弯下腰，用耳朵贴近沤肥容器的盖子听，是可以听到有什么东西在里面窸窸窣窣地拨动。我点了点头。

"你听见啦？"

我又点点头。

"那我该怎么办呢。"他问。

我弯下身，从玫瑰花圃里拾起一块鹅卵石，把石头高举过头顶，往下朝沤肥容器的盖子使劲砸下去，惊得老头子一跳。

"你干什么呀，你！"他吼了起来。我朝沤肥容器弯下腰去。

"听，"我说，"现在没动静了。"

他也弯下身去听，听了好一会儿。然后他直起腰来，吐了一把唾沫在地上。

"你来这儿干吗？"他问，"我想，我们不是早说好了，你来之前要先打个电话。"

我向他解释这电话的事儿。我的电话被掐断了线路。

"这么说，你是需要钱啦？"他问。我耸耸肩头。

"你的社会救济金呢？"

"救济金怎么啦？"

他叹了口气，然后掏出钱夹从里面抽出几张钞票。他把它们攥在手里举起来，用手指头把钞票揉搓了一会儿后，再放到我伸出的手里。

"先去把电话费付了，"他说，"然后你就可以在来这儿之前先打电话了。"

我点点头。我们就这么站了一会儿，没说一句话。

"还有什么事吗？"他问。我挤了下眼睛。

"你知道有关大象的事吗？"

我的问话突如其来，就跟我把石头猛地砸进沤肥容器一样，父亲立刻沉默了。过了片刻，他开了口。

"关于大象？我一无所知。"

"别骗我了。"

他微笑着摇摇头，有点无可奈何的样子。然后他突然变得一本正经起来。

"卡西奥多罗斯的书始终有用。"他说。

他转过身走进屋里。站在花园里，我看着这用焦油漆过的老式独立木屋，想到了从那片楼房区搬到这里来的前前后后的经过。大约在我得知了伯爵的那份遗嘱，并且能够直接从家里搬进他的农场的同一时间里，突然有人来问所有住在楼房区里的人家，是否想以相当便宜的价格买下自己的公寓。这样，就可以被称作房产主。房产主，你看，突然间便冒出了这样一种称呼。房屋付款的计算方法是这样的：住在公寓里的所有这些年头付的房租可以从购房价里扣除，至少父亲是这样跟我解释的。父亲和母亲就这么买房卖房，突然一下子他们变得富有了，富有到了可以头卜这栋带花园的、焦油漆过的老式木屋。花园里有果树和各种树莓树丛。也就在这同一时期里母亲的病情恶化，她的狂怒和歇斯底里让病毒细胞无法控制地加速扩散到了全身。父亲在熬过了这场剧变之后，从一个筋疲力尽的办公室灰老鼠摇身一变，成为了一位英国绅士。他穿着考究的罗登呢毛大衣去散步，他穿着防雨夹克和齐膝高的胶筒靴站在花园里——他觉得自己是属于这花园洋房的，就像他是出生在这里、在这里长大的。他从不说起当年在面包工厂里的那段时光，或是在楼房区里的那些岁月。也有另外的一些事他从不提起。

父亲又走进了花园，他的手里拿着一本书。我看得出，他已经把系在脖子下方的那块小方巾正了正，想必他一定是站在客厅里的大穿衣镜前完成的这一动作。他干得那么认真费力，为的就是纠正自己由于粗心大意而造成的与目前这个阶层不相适应的举止行为。他把书递给了我。

"你可以借这本书，这是卡西奥多罗斯……"

说到这里，他停下不说了，把下面的话咽了回去。他是在等我向他提问，我叹了口气，问道：

"这个人是谁呢？"

紧接着他便准备开始他的演讲了，就在此时我如闪电般快地弯下腰，抓起一块石头朝着那个沤肥容器又是猛一击。父亲被惊吓了一跳，但他试着掩饰自己的情绪。

"我觉得我又听到老鼠声了。"我说。

我们两人都静听着，但那儿没有传出任何动静。父亲开始说卡西奥多罗斯，他说得比平日要快些。他认为我应当多读些罗马史，通过这些阅读就能够更了解我们当今这个时代。

"你和这个大象是怎么一回事？"

我看得出他并不希望有这场对话！我看得出他并不希望我回答这个问题！我看得出他并不希望有谁来打扰他这个富有的鳏夫的生活！

"事实上，我成了一个看管大象的。"

一辆汽车在花园外面停下，父亲的注意力现在完全被牵向了那里。我听到了走在粗糙石子地面上的轻快的脚步声，一个风度高贵优雅的女人走进花园里。父亲显得紧张起来，他用舌头将嘴唇舔了一圈，又理了理脖子下的小方巾。她径直朝我们走来，向我伸出了手。我望望父亲，他不让人察觉地点了点头。我握住了她的手，她紧紧地回握我的手，但手间没有热力。父亲清了清嗓子。

"这是我的儿子，维格沃特。维格沃特……这是路易丝……一个朋友。"

路易丝笑了。

"这就是维格沃特呀，"她说，"我可听说了你不少的事儿，见到你真是一个愉快的惊喜！"

我没法回答。我与她的目光相遇，但没什么可说的。大家陷入一阵沉默。路易丝朝父亲望了一眼，父亲又清了一次嗓子眼。

"维格沃特就要走了，……他想借本关于大象的书……关于看管大象的书。"

我点了点头，这个我会的。然后我就后退着步子离开他们，走出了花园。与此同时我就跟一个中国人似的，不住地点头再点头。路易丝向我挥挥手。

"再见。"她说。

我也向她挥挥手。我最后看见的是父亲，他用一只手向我挥动着，另一只手在整理他脖子下的颈巾。路易丝的声音透过紫丁香院篱传了出来。

"为什么你竟然没有告诉我，你有一个儿子？！"

"不，我告诉过你的！我当然说过的！"

我在院篱的遮掩下站了一会儿，嗅到了父亲烟斗里飘出来的一股甜丝丝的又有点呛鼻的雪茄烟味儿。父亲的这个烟斗。

我记得我通过了游泳标准后回家的那一次。当我大踏步走向父亲时，感觉就像是还在氯化水中游泳。父亲那会儿正坐在一把扶手椅上，笼罩在烟斗散出的一团云雾中。

"父亲，我通过游泳记录标准了。"

他掏出他的黑色钱包，拿出一个五克朗的硬币——这是我的第一枚五克朗硬币。他把先前掏出的钞票收了回去，替换成了又大又亮的硬币。成年人都抱怨装硬币的钱包太重太沉。他拿起一枚硬币对着光举起来，然后翻一个个儿，再翻过来。这个动作重复了好几次。硬币的闪光仿佛是直接照射进我的眼里。客厅里被烟斗弄得一片烟雾缭绕，这五克朗硬币折射出的反光正像雾中的一道光束。我不得不将双眼紧闭，我觉得有一口带甜味儿的烟熏气味已往下慢慢蠕动进入了我的胃里。我想象着游泳池里的氯化水已在我的喉部往上涌动，我看见了淋浴室内其他人的身体的画面。然后我看见父亲坐在那里，手里握着一枚闪闪发光的钱币。

屋内所有的一切都被这烟熏过了，所有的这一切都是烟雾沉沉的。我的双眼变红了，视线模糊不清。我看见了那绿色的氯化水，衣帽间里乌黑肮脏的瓷砖，污秽不洁的香皂块。在客厅里，就在父亲的座椅旁，我一头栽倒在地，首先触到镶木地板的是我的前额。我记得父亲把钱币扔在地上的声响，它就落在躺在地板上的我的身边。母亲拿着一块湿毛巾走过来，父亲又把脸埋进了书里。我听到母亲惊讶不已的声音：

"你只是坐在那里继续读自己的书，而他……？！"

她的手放在了我的额头上，凉津津的手。

为通过游泳标准，我哭了。就在差十米到终点的地方，我败了下来，我放弃了，我让自己往下沉直到水底。游泳课的老师得跳进水里，把我救上来。他抓住我的腰把我带出水面。

在这之后我就哭了。我哭得那么久，哭得那么厉害，以致最后老师给我记上了二百米。

"我看得很清楚，你是在先摸到了游泳池的边缘后才往下沉的。"他说。

我死活不愿意，还是哭呀哭，我死活不愿意接受。

"我看得很清楚。"他又重复了一遍，并且朝我眨了眨眼睛。

最后我才明白过来。我咽下一口唾沫，揉着眼睛点点头。但其他人不依不饶，在这之后他们把我弄到了淋浴室里，用湿毛巾抽我。但这不要紧，我受得了这个。

13

　　我去医院探望母亲只有唯一的一次。不知是不是他们商量好了，觉得让我看见母亲最后的这段时间对我不太合适。不过，也或许情况不是这样。或许是母亲的病从爆发到她逝世的这段时间太短太快，让我来不及多去探望她几次？她躺在被褥下面，像只小小的灰色的鸟儿。她被注射了许多镇静剂。她似乎认得我又像不认得我。她说的是真话又像是胡话。她说话的声音很低，我得弯下身来才听得见。我能听到一切！我真担心我的影子会压坏了她。

　　"等我好了，我们就去散步，就你和我。"

　　"好的，母亲。"

　　"还记得我们那一次的散步吗？"

　　"记得，母亲。"

　　"我快死了，维格沃特。"

"好了，好了，现在你不应该胡思乱想。"

她干瘪枯瘦，皱缩成了一团。我把一块小毛巾在洗脸池里弄湿，搭在她的额头上。可我没把毛巾里的水拧干，水顺着她的脸淌下来，把床单给弄湿了。这不是我的本意所在。我不是故意这么做的，我说。

"等我好了，我们就去散步，郊游。"

"好的，母亲。"

这是千真万确的，我想起了我们的那次郊游。母亲走路的样子雄赳赳的，真像是受过训练，我得边跑边走才能跟上她。母亲尽可能把手臂以最大的幅度一前一后地甩动着。我也学着她的样子走。她看着我笑了。

"我们是两个士兵，维格沃特。他们走路就是这个样子！"

"我们去跟谁打仗呢？"

"不跟谁打仗。我们是从战场返回家园。你和我，我们是走在归家的路上！"

大夫给她建议过，每天要去散步，他说。但时间不必很长，重要的是走到户外去，让脚部和腿部都得到锻炼。母亲给我们俩准备了了黄油面包片作干粮，又给小水壶灌满了冰镇果汁水。然后她把父亲的背包一下子甩到了肩上，用脚后跟着地"蹬蹬蹬"地和我一起走下了楼梯。我们乘电车来到了地铁车站，再从那儿换坐地铁，继续往前直到树林边。那是在夏季里。有太阳，很温暖的一天。走在通往树林的小径上，我感到浑身轻快。我从一块石头跳跃到另一块石头上。

"一、二！一、二！一只靴，一只鞋！"母亲叫着。

过了一会儿，我们在一堆大石头上坐下来休息。巨石正好靠着一个蚁穴，蚂蚁已在路上爬出了自己的一条小路。阳光透过云杉树的树叶照射下来。望着这断断续续若隐若现的蚂蚁队伍，横越过这散满了斑斑光点的小径，这时我的脑子变得有点晕晕乎乎的。

"为什么我以前没想到出来走走呢，"母亲说，她吸进了一大口新鲜空气，"我觉得疼痛现在已经同我告别了。"

她从背包里取出了巧克力。巧克力这时已开始融化变软，我们的手指头被弄得黏糊糊的。我们把手在苔藓上好好地擦干净，然后继续往前走。突然，母亲一把握住了我的手。在这以后很久的日子里，只要我一想到这一刻，想到母亲握住了我的手，我就会感到心上的温暖。我们手牵着手朝着那片小水塘走去。

现在是我握住了她的手。这只手干枯粗糙，瘦小而冰冷。这只手有很长时间没被巧克力弄得黏糊糊的了。疼痛没有同母亲告别，它正与母亲时时相随相伴。我感到了她的手轻轻的一握，我知道为着这一轻握母亲已经竭尽了全力。她的嘴唇龟裂了，头发一绺一绺地贴在头皮上，像鸟儿那么微弱的心脏跳动着。

"我好不了了，维格沃特。"

"一切都会好起来的。"

"不，维格沃特。"

她望着我，眼睛变得越来越大。我是个为很小的事都会哭鼻子的人，但这时我还是做出了一个笑容。可母亲没有笑，她只是注视着我。

"母亲，"我说，"为什么你的耳朵这么大？"

"因为我要死了，维格沃特。"

"母亲，为什么你的眼睛这么大？"

"因为我要死了，维格沃特。"

"母亲，为什么你的手这么大？"

"因为我要死了，维格沃特。"

"母亲，为什么你的嘴这么大？"

"因为我要死了，维格沃特。"

我记得我和母亲肩并肩的在树林里清凉的水池里游泳。猛然间，她用手拍击水面，溅起一股水柱来，在阳光的透射下晶莹夺目的蓝色水花在我们眼前辉映闪耀。她望着我，眼睛里有一种闪光在游弋舞蹈。

"我是多么地爱你，维格沃特。"她说。

14

　　维格沃特坐在自行车的停车房里。他把阿德莱德那辆锃亮的女式车往上方朝着一辆废旧车推过去。那旧车是西门和他在水塘边的一道沟里找到的。他们想好了，要把这辆废旧车用清漆和油漆给它除锈上光，直到擦得它亮堂堂的，让谁的车也不能跟它相比。要花很大的力气才能让这破车旧貌换新颜。同时还要经过一个非常非常漫长的冬天之后，才能把擦拭得亮堂堂的自行车推出来，推到春天里湿漉漉的柏油路上，骑在车上让车轮在经历过了寒冬的砾石地面上飞旋打滑，发出很响的摩擦声。维格沃特坐在自行车的停车房里。他不想待在家里，他说过了他要去一个朋友的家。与其在冬天的黑暗中走很远很长的路，他还不如坐在楼房的地下室下面。经过地下室里那些属于各家的小隔间，经过垃圾屋，他进入了停放自行车的小房间。他为自己清理出了一块地方，背靠着这用白粉刷过了的墙壁在地板上坐下来。说来也奇怪，人怎么会对垃圾屋里的恶臭味儿感到习惯。当你熟悉了这股味儿时，怎么会又觉得这其实并不那么难受。维格沃特把后脑勺靠着墙，闭上了眼睛。他坐的地方四周都是自行车，他知道每一辆车的主人。那辆黑色的老式车是他父亲的。父亲有许许多多骑自行车的故事，不过事实上维格沃特就从来没有见过父亲骑自行车。这里就别提母亲了。她是从来没有骑过自行车或是参加过跑步的人。阿德莱德爸爸的是辆红色的外国造的自行车。在车身的后座架上挂着一个厚重的灰色书包。图书馆管理员一家人都骑车，包括管理员先生和他的两个女儿——可管理员的妻子也是个不骑车的人。当维格沃特走进了学校图书馆里，她笑得那么灿烂。管理员先生和他的女儿骑在自行车上时，他一定给自己的孩子说起了许多优秀的书籍。哈尔沃·赫斯特不骑自行车，他那过世了的妻子肯定是不用骑车的了。在屋角的最里面是斯特芬森的一辆跑车，他买下车那会儿还有着对生活的某种兴趣。他推着新车回到家，非常自豪地让维格沃特、曼内和西门看看他的车。当时他们几个男孩子正在外面玩扔掷硬币游戏。维格沃特得到允许，可以用手去摸一下车的坐垫。这是维格沃特所能感受到的最最愉快的触觉，坐垫硬中带软，软中又带硬。维格沃特抬起头来望斯特芬森，他看得出，斯特芬森完全理解他自己当时的感受。现在维格沃特站起身来朝斯特芬森的那辆跑车走过去。他抚摸车的坐垫，仍然手感很好，但完全不能和从前相比。这真是奇怪，也有点令人伤感。事实上，人们习以为常的事物有那么多：垃圾屋里的腐臭味儿，斯特芬森跑车的坐垫,在停自行车屋里靠着墙的这漫长的钟点——等待着黑夜的来临,等待着上床就寝的时间。有时候能听到垃圾袋里的那些乌七八糟的秽物渣滓通过垃圾管道往下坠落时发出的声响,他就试着辨听垃圾袋是从哪一层楼掉下来的。他确信其中有一次是母亲,是她提着垃圾袋走到楼梯口的,他甚至可以看到袋里都装了些什么。他想,当他不在家时,他们就会扔掉一些暗藏着秘密的东西。但究竟是什么东西,他不知道。他们不想他知道的事,在家里可是一直都在发生着进行着的。他们压低嗓门说话,他们讲英语,他们互相传递眼色,不让维格沃特知道,可他不知道什么是他不应该知道的。母亲和父亲也不知道,他们不知道维格沃特在偷听他们。他也不总是去拜访其他的伙伴,而只是想出去,想一个人待着。或者就像现在——把自己藏在地窖里最深处的放自行车的屋里,在最最里面、最最深处的地方。突然他听到了楼梯上的脚步声。他先是听到一层楼上的一阵轻轻走动的声音,他听出来了那是谁。他听到的脚步声就要朝地下室的下面走来,就要朝他走来。这是阿德莱德的爸爸,他可以听出来的,维格沃特尽量收缩蜷缩起身体,好让自己在这些自行车当中显得小一点儿。脚步声越来越近。他听到脚步声在自己头上方的一楼停下了,他听到邮箱打开了又关上,那或许是他听错了?不,脚步声继续往下到了最后一级阶梯。地下室的门开了,维格沃特听到阿德莱德的爸爸在咳嗽。他听到的脚步声越来越近,突然他站在了房门口。他看上去精神不好,脸色几乎有点发白。维格沃特可以看到他嘴唇上方渗出的汗珠子。他现在看上去衣衫凌乱不洁、邋里邋遢的，不像他惯有的那样总是穿着刚洗净熨烫好了的衣服。维格沃特不知道自己应当站起来还是继续坐着。透过阿德莱德的自行车轮子的钢丝之间，他望着阿德莱德的爸爸，他不知道他是否应当打招呼呢还是坐着默不做声。他看上去有点异样，他好像是直愣愣地望着维格沃特，但又好像是视而不见。维格沃特坐着一动不动，一声不吭。阿德莱德的爸爸朝垃圾屋走去，扭开门把手往里面瞅了瞅，然后摇摇头又回到停车屋里。他又摇了一次头，咬着嘴唇站在门框那里。他再一次直直地望着维格沃特，但仍然是目光茫然。维格沃特屏住了呼吸，他本来是完全可以向他问候打个招呼的，可现在太晚了。看来最好是不让他发现，要不人们会去他父母那里嚼舌头，说他神经不正常，独自一个人坐在下面的地下室。不过，或许让他们知道了也好。阿德莱德的爸爸冷不丁朝着他自己的那辆车走过去，打开挂在车后座架上的一个书包，伸手下去拿出了一个装有棕黄色液体的瓶子。他扭开瓶盖，把瓶子塞进嘴里。维格沃特觉得那是一瓶烈酒，他感到有点害怕了。阿德莱德的爸爸正直端端地盯着他，坐在那儿的维格沃特一动不动比一只老鼠还要安静。现在他也坐了下来，握住酒瓶的手抖抖簌簌的，因此他喝酒时把酒泼洒得到处都是，之后他便安静了些。维格沃特可以看到他的身体是怎样变得笨重迟钝，他的脑袋怎样沉重地垂落下来。阿德莱德的爸爸坐在那儿，眼睛痴痴地盯着地下室的地板，呼吸沉重而缓慢。忽然维格沃特发现他哭了，一种无声的哭。他面部的肌肉纹丝不动，可说是表情木然，但他看到了在他苍白的脸颊上流淌下来的泪水。是时候了！现在他应当站起来，他应当走到他那儿去，去做点什么。他一向对维格沃特很好——或者不总是对阿德莱德很好，但大部分时间对她也挺不错。维格沃特想站起来，可做不到，他一下子动不了了。突然间，他看见这个瘦小男人的脸一下子涨得通红，他开始呕吐起来。他吐出的只是一滩口涎和痰，以及他刚刚喝下肚的那些棕黄色的汤水。阿德莱德的爸爸又呕吐了一次。在呕吐的间歇，他喘着气休息。但看上去他呼吸很困难，憋着气。于是他捶打自己的胸膛，嘴里发出一种近似咆哮的声音。他现在哭出了声，但这种哭声非常特别，他似乎不能呼吸。他把脊梁抵靠着墙，脸越变越红，他又呕吐起来。这时候维格沃特试着设法让自己站了起来，朝着阿德莱德的爸爸走过去，把手放在他的额头上——就像他自己呕吐时妈妈通常做的那样。他的额头汗湿淋淋。维格沃特突然闻到了一股极难闻的腐臭味儿，一恶心忍不住自己一下子呕吐了出来，吐在了阿德莱德爸爸的脸上。他不知道还有比这更糟糕的事了，维格沃特情不自禁哭了起来。他弯下身试着把吐在他脸上的东西擦拭干净。阿德莱德的爸爸惊恐万状地睁大眼睛朝上望着维格沃特，试着想说话，但维格沃特不明白他想说什么。阿德莱德的爸爸在他推揉着维格沃特要他离开自己之前，一把揪住了自己的胸膛，在喉咙底部深处发出了呻吟和喊叫：

"走开，"他终于说出来了，"走开去！"

"要我去叫阿德莱德来吗？"

他摇摇头，然后双眼紧闭，将脑袋使劲往墙上去撞。

"我去叫父亲来。"维格沃特说。他挣脱开阿德莱德的爸爸，从他的头撞击墙壁发出的"通通"的声响那儿逃开去，从涨得通红的、涂满了维格沃特吐出的秽物的那张脸孔那儿逃开去。

"你在那下面干什么去了，在那自行车屋里？"

在这之后经过了很长的时间，发生了许许多多多事情，也或许是什么事也没有。大夫拍拍维格沃特的头，夸他是个又聪明又机智的孩子，他很快就要当童子军了吧？那时候爸爸对维格沃特笑笑，点了点头。

"好啊，童子军，维格沃特？你想当这个童子军吗？"

维格沃特也去过母亲那里。虽然这是星期天，她坐在那儿为《房屋与家》写文章。她带着一副太阳墨镜，长长的手指头在一架很大的灰色的雷明顿打字机上敲打着。他从她的肩膀上望过去："还能有比走进这样一间光线充足气氛友好器具整洁有序的厨房，一间诱人的、令您的丈夫、孩子和您自己都非常喜爱中意的厨房更令人愉快的事情吗？在这间厨房里，您会高兴地拥有这个小小的手工搅拌器，其意义的确非同寻常。"

他非常喜欢她写下的这些话，一切都是明亮、洁白和美好的。她转过身来，笑了。

"你怎么样，我的维格沃特，一个救人危难的勇士？"

然后她在他的脸上亲了亲，给了他钱去买冰淇淋。

　　所有的人都认为他聪明机智，只有阿德莱德例外，她一点儿也没把这当回事儿。在母亲给急救中心值班医生打电话，父亲跑到地下室下去的时候，维格沃特摁响了阿德莱德的房间门铃。他又按铃，又敲门，还对着门上的投信口那儿叫喊。阿德莱德把门打开了一条缝，看样子已经想好了要说：你现在来得不合适。可维格沃特朝她冲过去，大声嚷着，说她的爸爸病了，躺在下面的地下室里，他在一个瓶子里喝了些什么，然后就发病了，非常非常厉害。他没说自己呕吐在她的爸爸脸上的事，对谁他都不会说的。阿德莱德耸耸肩头。

　　"那是安塔布斯[1]。"她说。

　　"安塔布斯？那是什么？"

　　"一种含糖的很古怪的东西。"

　　阿德莱德穿上一件外套走了出来。维格沃特希望她走得快些，可她微微耸起肩头，在楼梯上慢吞吞地走着。当他们走到楼房里放邮箱的那地方时，阿德莱德停下不走了。她背倚着邮箱，眼光四处扫视，单单不看维格沃特。

　　"你不想到下面地下室他那儿去？"他问。

　　阿德莱德又耸了一下肩。这时大门开了，走进一个带着礼帽穿着大衣的男人。他的手里拎着一只大的棕色箱子。当他看见他

1　Antabuse，又称为双硫仑或戒酒硫，用于治疗慢性酒精中毒。

们时便停住了。

"我是想……"他说。阿德莱德头朝着地下室方向一扬，打断了他的话。

"他躺在那儿下面，"她说，"他喝了安塔布斯。"

大夫注视着阿德莱德犹豫了片刻，然后点点头继续下楼梯朝地下室走去。维格沃特很想安慰安慰阿德莱德，可他不知道该说什么。父亲从地下室那儿上来了，站在阿德莱德跟前，维格沃特能看得出来，父亲突然不知道该往哪儿摆放自己的手。最后他用手臂挽住她的肩头，叹了口气。

"好啦，好啦，阿德莱德，"他说，"好啦，没事了。"

他说阿德莱德的爸爸要送进医院去检查，但没有危险的。

"他……他只是呕吐，明白吗，阿德莱德？"

"我知道他会这样的。"阿德莱德说，然后走上楼梯。

"或许你可以同维格沃特待在一块儿，"父亲对着她的后背说，"你们可以到我家玩去。"

她转过身来，久久地望着维格沃特，然后笑了笑。

"维格沃特不是正要出门去吗，是吧？"

她又掉转身去，继续朝楼梯上方走去。父亲皱起眉头，望着维格沃特满脸狐疑。

"对了，你到下面停放自行车的屋里究竟干什么去了？"

维格沃特埋下眼睛，对这个问题他不知道如何应对。这会儿从地下室走上来的大夫解了他的围。

"我得借用电话。"大夫说,然后他朝维格沃特转过身来。他一定知道我呕吐在了阿德莱德爸爸脸上的事,维格沃特暗想道。他一定能看出呕吐出来的东西不一样,是两个人的,因为他是大夫啊。

"这就是今天的英雄吧。"大夫说。父亲笑了。

"我决不再这么干了。"维格沃特说。

可父亲和大夫已经朝楼梯上走去,所以只有他自己听到了这句话。

15

　　整整一夜我躺在床上读完了这本书。当父亲试着给我讲这个卡西奥多罗斯的时候，我真应该好好听听，那我就可以和阿列克谢·科尔尼洛夫在一块儿聊聊这个人了。阿列克谢肯定是念过卡西奥多罗斯的书的。所有干跟大象有关的工作的人也一定都念过。我就念过了，我是大象的饲养员。对卡西奥多罗斯写下的其中一件事我特别留意。那就是：去询问大象，让它向你呼出一口气。因为据说大象的呼气，对患有头疼病的人有神奇般的功效。

　　我认为大象的这种能力实在太惊人了，跟一个童话似的。我有点怀疑阿列克谢不告诉我这一点，事实上是故意这么做的。他知道我被头疼弄得很不好过，他是想让我用伏特加来治头疼病，就像他用伏特加来解决他大大小小所有的问题和烦恼一样。他自己从不生病，他喝伏特加的历史连他自己都记不清了。

　　在马戏团搬到我这儿来之前的最后两个礼拜，马戏团的经理——不知此人现在到底是被在挪威的俄国黑帮谋杀了呢，还是安全地坐在莫斯科自己家里——只能把伏特加酒作为工资付给大家。阿列克谢对这个解决办法相当满意。他和其他人把自己口袋里最后剩下的钱都凑在了一块儿，买了整整一大车洋葱头。车嘎吱嘎吱地压过路面，他们的眼泪和伏特加一起流淌。从市政府那儿得到的救济金他们都用来买伏特加了，还加上一二口袋的土豆。那时候大家正等候着上面安排他们回国的结果。

我试着用伏特加和洋葱头来治疗我的头疼病，但这对我不起作用，我的情况越来越糟。或许是因为我不是俄国人，或许是因为我受不了洋葱头。或许要不然就是阿列克谢用不着伏特加也同样健康。他是我所见过的最强壮有力的人，是我遇到的完全另一种类型的人。

在清晨破晓时分，我穿着伯爵的睡衣走过场院，进了草料场。我走到靠大象很近的地方，手里握着从父亲那里借来的书，高声地、急切地读道：去询问大象，让它向你呼出一口气，因为据说大象的呼气，对患有头疼病的人有神奇般的功效。

大象纹丝不动，连耳朵也没有扇动一下。它只是静静地伫立在那里，仿佛是一尊石雕，仿佛它根本就不存在。好像它的灵魂在一夜之间被掏走了，剩下的只是一副躯壳。我以同样的激情把卡西奥多罗斯的话又读了一遍，这次我也没看出什么反应。也许是我的嗓音不对。要是阿列克谢他在这里就好了，他可以用他那粗犷的、充满热情的、能产生嗡嗡共鸣声的嗓音来读，他可以用俄语来读。说不定大象理解俄语比挪威语强。我不明白，为什么这一切是如此的艰难。你得为芝麻大的事哭鼻子吗？突然，就在此时，透过肮脏的玻璃窗一道太阳的强光射了进来。光线正好落在了大象的额头上，它扬起头来转向了我。大象张嘴，将一口气喷到了我身上。

16

"都是星星的过错。"阿列克谢说，他笑了。

阿列克谢就是这样的，当他生气的时候他自己会笑。或者说，特别是在他被激怒的时候他会笑。在篝火旁边那会儿，他显得恼怒而愤慨。

"都是星星的过错，是星星的过失。是这主宰你命运的星座，让你在这一天、这一时刻被你妈从她的两腿之间挤出来。"

我坐在篝火旁边。我想，就这一次吧，下不为例。于是我接过了别人递给我的酒瓶喝下一口，试着去想想旁的事儿。

"你是什么时候出世的，维格沃特？你是什么时候被挤出来的？"

我没回答，又重新喝下一口酒。我感觉出这无名的烈酒麻木和刺痛了上颚，感觉到酒从我的胸腔往下流，酒力传到了胳膊和手指头。在我笑的时候我不生气，在我笑的时候我也不绝望，但我悲伤难过。阿列克谢，你看得出来的，我为出世的这一天悲伤难过。

"你应当忘了这一天，维格沃特，忘了这一天，或是这一夜。那时候，你以为星星在大声地呼唤你的名字，你以为所有的人都在说：月亮燃烧起来了！"

"事实上，"阿列克谢说，"我们诞生的那一瞬间，是一个精子冲进卵子。然后……维格沃特，"阿列克谢说，"你可以想想那些情境，你明白我说的是什么意思吧，那些情境！他们对我们都干了些什么？他们对你都干了些什么？"

阿列克谢一把抓住酒瓶，站起身来。在篝火火光的映照下，他的身躯显得相当高大，那黑色的阴影与黄色的亮块光斑遮盖住了他的全身。黑夜中的篝火。松木根上的树脂在火焰里熔化了，火苗儿顿时上冲迸射出阵阵的火花。阿列克谢抬起握着酒瓶的那只手臂，把瓶子送进嘴里。然后他抓起一枝燃烧着的松枝，一道强烈的火焰从这张湿漉漉的嘴里喷射了出来，从这张被酒浸湿的嘴里喷射出的火焰长达一米。在这腾起的火光中，在这燃烧的火焰里，阿列克谢狂呼疾喊着。维格沃特此时能够体会到这喘着粗气的喷息声，这野性、这汗湿、这强暴，这造出了他，使他得以成为他的这场淋漓尽致的交欢。他体会到了它的旷日持久，这场交媾永不结束。父亲决不结束进取，他往前、往前，在永无终止的激流中往前；母亲接纳、接纳，再一次接纳，尽其所能地接纳。他觉出了母亲的长而强健的双腿搭在了他的胯部，他觉出了父亲的滚烫的精子在自己的体内燃烧，他明白它们会像黑夜中的火焰一样喷射出来。群狗开始吠叫,大象在夜里喷息呐喊,会骑自行车的鹦鹉用身体撞击笼子,渴望挣脱出笼展翅飞去。阿列克谢和其他人开始围着篝火跳起舞来,一种愤怒狂喜的舞蹈。我也站起身来,设法跟着他们一起跳。我真试过了,但我没法做到。我又回到了原来的我。躺在床上,我注视着天花板。此间人们在歌唱、在舞蹈,外面的篝火上方腾起的火苗儿火花四溅,鸟儿在用身体撞击笼子,户外黄色的火焰、红色的火焰映亮了我苍白的脸。我睡过去了。我的苍白瘦削的面孔。这张脸在父亲混浊黏稠的、湿漉滑腻的、温乎乎的精液里诞生,在母亲没有生气的、寂静无声的、尚未分娩的、被塞得满满当当的肉体完成。要是能听到什么动静的话,那便是父亲短促的鼾声和母亲那嘶哑嗓门的咯咯笑声。退隐到后面去,再一次退到后面,我的苍白瘦削的面孔。直到最后,便是里面的那张面孔。这张脸是那么实实在在,那么邪恶和令人作呕。然后又是沉睡,睡得是那么长久似乎从未睡够过。阿列克谢,阿列克谢!我思念你,回来吧,教会我在你的火焰中起舞。给我示范,让我也能够燃烧起来,让我在烈焰中毁灭消亡。

我醒了,这又是一个清晨。我来到这里之后迄今为止的一万六千个晨间的最后一个清晨。我没法将这个清晨和其他任何一个清晨区别开来。我佝偻着背,赤脚站在地板上。然后朝外望去,一直望到了下面的那一片土地。在很久之前,他们就已经离去了。现在我是孤独一人,我差不多总是孤独一人。

17

维格沃特孤零零的一个人，他差不多总是孤零零的一个人。他有属于自己的小径，属于自己的窄巷和阶梯。外面空无一人，没有任何其他人在外头。在里面的所有人也没有一个人知道他在外面。没有一个人知道，在这个昏暗的冬日的下午他站立在外面，往屋里望去。他可以静静地伫立在那儿，每次站上一个小时，全神贯注地望着某一个窗户、某一个房间。闪烁的黄褐色的灯光照亮了已经变得污黑了的墙纸，还有那些沉重厚实的书架。有时候一个黑影从窗前掠过，有时是一个侧影，一个人正在聆听的侧影；或许有人正从厨房里面喊着什么。若果真有人在喊着什么，这声音听上去像是被压低了的嗓音。这嗓音是被一层又一层的布包起来了的；维格沃特想，这一层又一层的布一定是极柔软极暖和的。有时候，在收音机的那两只大大的绿色指示灯跟前，有人在独自缓缓地跳着舞步；一个小男孩，另外一个小男孩笑着，或是正在用手使劲地捶着墙壁。门开了，一个浅色头发穿着浅色衣裙的女子，手里端着一个托盘走了进来；维格沃特暗想：就在这间屋、在这个客厅里、在这卧室里、在厨房的餐桌周围，这是属于他的地方。同这些人在一起，同这些在暗淡的灯光下变得漂亮了些、温柔了些的人们在一起，他就不再是一个人了。那就有人和你头靠头地躺在床上，有人和你一起玩耍游戏。他是孤零零的一个人。他有他自己的大路和小径。他一出去就是好几个小时，他说他要到一个朋友那儿去。我要到西门那儿去，到哈拉尔那儿去，到曼内那儿去，他这么说。可他并没有这么做。有时候是到别人那儿去了，但不总是经常如此。他常常是独自一人走在路上，在自己固定的大路和小径上走呀走。他差不多总是孤零零的一个人。他有自己的路线走，有自己的地方坐。他坐在从前的幼儿园里的一个秋千上，或是在这块土地的另一边的那个小水塘旁边。外面空无一人，外面几乎是空无一人。在维格沃特家的楼上住着斯特芬森，西居尔·欧·斯特芬森。其名字的缩写是 SOS[1]，刚好跟海上的呼救信号字母一样："三声短，三声长，三声短"。有时维格沃特和哈拉尔，和达芬，或是和曼内会跑四层楼下去按响斯特芬森家门口的门铃。在他们离开楼房之前按，总是按三声短、三声长、三声短，三短三长再三短。之后便尽可能快地走开去，同时笑着，笑得两腿软弯下去几乎没法站住脚。维格沃特有时和斯特

---

1 西居尔·欧·斯特芬森原文为 Sigurd O. Steffensen。

芬森打照面，斯特芬森也出去走走的。但他对维格沃特是视而不见，对什么也不看。他的目光是空洞的、涣散的，他只朝着天空向上望着。维格沃特常常看见他一声不响地站在那里，脑袋朝后昂着。维格沃特必须高声的、口齿清楚的向他问候。那时候斯特芬森笑了，但不是对着他，事实上不是对着维格沃特。这个三声短，维格沃特心里咕哝着，"三声短"斯特芬森活在自己的世界里而且似乎从不出来。维格沃特和他在楼梯上打过好几次照面，当维格沃特又高声又清晰地向他问候时，他从不回一个招呼。这个斯特芬森是个阴鄙、沉重、僵硬的人，是从另一个世界里来的人。然后，突然间一个女人出现了，一个模样漂亮的女人和"三声长"斯特芬森住在了一起。斯特芬森一下子全变了，跌撞进了现实世界。他笑容满面，打着哈哈，用手揉维格沃特的脑袋，弄乱他的头发。有一回他们三人——母亲、父亲和维格沃特被邀请上楼到斯特芬森家去喝咖啡吃蛋糕。斯特芬森和他的那个漂亮女人，他们俩不可能知道诸如此类的事是不应当发生的，即决不能请求维格沃特的父母做什么事，决不要试着把他们与旁人掺和在一块儿。在家门口的门厅那儿，维格沃特站在母亲身后惊恐万分，他听着母亲道谢的声音。她说，非常感谢，他们全家都十分愿意上他们家去做客。维格沃特真想大叫起来，真想对斯特芬森的那个漂亮女人提提醒。他想大叫说：当母亲现在说话的此时此刻、当她对邀请表示感谢的此时此刻，她用的不是自己真正的声音，脸上不是她自己真正的笑容。一切都会变得相当糟糕，会出乱子的。维格沃特的母亲和维格沃特的父亲，会在斯特芬森家客厅的咖啡桌边上神经兮兮胡说八道起来。他们会索性就在斯特芬森和斯特芬森的漂亮女人的眼皮子底下完全垮掉，发起疯来。那时候谁来照管维格沃特呢？维格沃特几乎总是孤零零的一个人，但这么一来，他便会是完完全全的、百分之百的孤单一人了。在和斯特芬森的那个漂亮女人说话之后，在母亲用她的另一种嗓音、另一种面孔骗住了她之后，母亲合上了门。她对维格沃特转过身来，她又回到了她自己原有的面孔，又用她自己原有的声音说话了：

"爸爸要彻底绝望了。"

父亲一句话没说，但维格沃特可以听到他心里的话。他肯定对整个的邀请、对现在他们身在其中的楼上斯特芬森新粉刷过的公寓，是完全地、彻头彻尾地绝望而没有信心。维格沃特也是同样的感觉。系在新尼龙衬衣上的这条黄白色的领带是那么僵硬，将他的喉部和脖子勒得生疼。漂亮的下装过于暖和，弄得他的大腿处痒痒的。他坐在椅子的最边沿处，手里牢牢地握着那只盛着饮料的玻璃杯，瞅着围坐在桌旁的四个成年人。他听到斯特芬森的那位漂亮女人在说到他时，总是直呼其名西居尔。她说，西居尔，我要这个……我要那个。斯特芬森对这女人，对母亲和父亲，对维格沃特是一张热情洋溢的笑脸。他笑着，对这整个世界、对他的新世界放声大笑。别这样，斯特芬森，维格沃特想着，别这样。别笑得这么高声，别是这种笑脸！维格沃特听到母亲的另一种声音了！他注意到了母亲的疼痛——每一次当她张口说话时那费劲的样儿，还有每一次开口说话时，她都觉得她非得要换一个新话题不可。父亲几乎没说一个字。他笑着，皱起眉头笑着，看上去就像他在头疼。他也使劲地点头附和着，但点头点得总不是时候。维格沃特明白这只是时间问题，到时候母亲便会将她所有的狂怒全都发泄出来，会将她暴烈的愤怒、怨恨冲着斯特芬森和他的那位漂亮女人劈头盖脸地全泼出去。她会尽其所能的大叫大嚷，会将自己的真实面目显示给他们看，会用自己真实的嗓音歇斯底里的大发作。这样一来，他们三人——维格沃特、母亲和父亲便可能完全放松下来。他们就可以回到楼下，回到真实的自己，就可能把他们自己重新再包裹起来，将留下的些许痕迹抹掉，用泥土再将自己掩盖。

这就是为什么维格沃特让自己从椅子上一下子摔倒下来，让自己的脑袋与斯特芬森的细木地板相撞出"砰"的一声。维格沃特闭上眼睛，心里默数着三声短，三声长，三声短，然后再把眼睛睁开。斯特芬森的那位漂亮女人手里握着一块湿毛巾俯身朝向他。她把湿毛巾放到他的额上。维格沃特听到了来自上方的一个声音，还有另外一个声音。

"你晕倒了，知道吗？"

"他……有时候会有这种情况，真是抱歉……我感到非常过意不去。"

"这有什么呀，或许他想再躺着休息一会儿？"

"太谢谢了！你真好，真周到。不过，我想我们应当下楼去。"

是的，维格沃特想道，我可以让事情发生。不很多，也不是许多事都行，但我也可以让一些事情发生的。他摇了摇头，让斯特芬森把他抱举起来再放到了椅子上。母亲的面具，母亲的另一个声音。

"你感觉怎么样？"

不过这面具已经显得神经有点不正常，嗓音也开始发颤。她完全精疲力竭了。

"我想回家了。"

"好的，我们这就走。"

母亲朝斯特芬森和他的漂亮女人转过身去。

"对这个……我真是感到十分抱歉，谢谢与你们在一起的愉快时刻。"

在楼梯走道的沉闷与静寂中，他们走下楼梯。当门在身后合上之后，他们又站在自己家里肮脏的污褐色的门厅处了。是母亲把门一下摔上，是父亲阴沉着一张脸，几大步又急又快地消失在了卧室里，是母亲对着维格沃特嘘声责骂道：我们不可能带你上别的地方去了，你简直要了我们的命。维格沃特，父亲是完完全全地丧失信心了。维格沃特咽下了一口唾沫。我是为你这么做的，妈妈。我是为你这么做的，爸爸。你们是受不了待在那里的。可他什么都没说出来。

"你就知道哭！"

维格沃特醒了过来。母亲坐在他的床边，用手上下抚摸他的脸颊。她笑着，用一种柔柔的嗓音说：

"我弄醒你啦，我的孩子？"

这个夜晚不是黑色的夜晚，夜不总是黑的，不是这个夜晚。这个夜晚是深褐色的。它从维格沃特房间的四面墙上降落下来，仿佛是褐色的缕缕褶皱，柔韧的、浓稠的，弄得他的满床粘腻腻的。它黏糊住、围裹住了母亲，以至于当她要抚摸他的脸颊，想请求孩子原谅的时候，她的手臂沉重得难以托起。

"我很难过，为着我的动怒。你晕倒了，这跟你有什么关系呢，你是无能为力的呀。"

维格沃特试着冒了个险，他露出一丝笑容。母亲凝视着他，她的眼睛潮湿了，声音有点颤抖。

"我要告诉你一个秘密。我也是个小孩，我又小又傻。有时候我也害怕，维格沃特，害怕其他的那些人，完全跟你一样。"

维格沃特开始想着其他的那些人，想到一位小姐，想到牛奶商店里的阿尔内森太太、霍夫伯爵、特吕格弗·赖伊，想到了他所知道的所有其他的那些人。那时他站在外面往里窥视。他并不害怕他们，他想念他们。他也想念母亲。母亲又重新在他脸上抚摸了一次。母亲也许能让事情发生。

"我们可以做朋友吗，维格沃特？你能原谅你这个又蠢又老的母亲吗？"

"你不蠢！"

"可是老，是吧？"

"也不老，你是世界上最好的妈妈！"

"现在你可以好好睡了。"

"母亲？"

"嗯？"

"你可以再坐一会儿吗？"

可是她不能，她不能再坐一会儿。她猛地一下站起身来说现在他得马上睡觉，这已是在半夜里了。

这浓稠的缕缕的深褐色从四周的上方往下沉降，不断地沉降，充斥了整个空间，屋内是无处不在的粘腻、黏糊。他是完全孤独一人。他差不多完全是孤独一人。在上面的那一层公寓里，躺着斯特芬森。维格沃特试着捕捉来自楼上的声响，但那里寂静无声。不过维格沃特并不认为斯特芬森已经睡着了。在这个两家人的咖啡聚会之后，他一定也难以入眠。现在或许他该意识到了，他自己的笑声太高，也笑得过了头。维格沃特闭上眼睛侧身躺着。一定是这样的：对这天晚上要发生的一切，在按斯特芬森家门铃那会儿就已经有了兆头。那三声长铃响的尾声，拖得还不够长，而那三声短铃声就响了起来。母亲的阴影将决不会离开斯特芬森的公寓，它将永远留在那里了，用她的裙裾带出的尘土和厚重的黑暗，缓慢地、一点一点地入侵和渗透这整个的空间。一平方米接着一平方米，一把椅子又是一把椅子，一间房接着一间房，它占领了整个公寓。维格沃特觉得他依然能听出他头顶上的房间里的一些动静。那是一种极其低微的声响，一种在啃在咬的折磨般的声音，一种吱嘎吱嘎的声音。这都是斯特芬森自己的过失，维格沃特这么想。他根本就不需要邀请我们一家上楼去。那个漂亮女人，她根本不必一口一个"西居尔"的这么叫他，他也就不会笑得过了头。

现在维格沃特知道了，当他游荡在自己的道路上、走在自己的小径上时，他已不再是完完全全的孤单一人。斯特芬森进入他的"三声短"的第三阶段已是很久以前的事了，斯特芬森的那个漂亮女人的芳影很久以前已消失，那次的咖啡蛋糕聚会，还有"西居尔"已是很久以前的事了。斯特芬森现在又是阴沉沉的斯特芬森了。走在楼梯上的他僵硬而笨重，不过好像他现在没法儿再待在室内了。因此再三声短、三声长、三声短的去按他家的门铃捉弄他已没有了意义。他几乎总是待在户外，在户外走。有时维格沃特和他打照面，彼此匆匆走过。在开始的时候，维格沃特向他口齿清楚地高声问候，但斯特芬森从来没有回过招呼。在刚刚下过新雪的时节，维格沃特会让自己小小的脚踏在斯特芬森那黑洞洞的潮湿的大脚印里走。维格沃特想知道，为什么母亲就不能帮帮斯特芬森的忙，把她的手放到他的额头上，将那些黑暗与阴晦都收回来。维格沃特永远不明白，斯特芬森对母亲到底是怎么啦，为什么他们俩就不能做朋友？一次，他大着胆子向母亲提到了这件事。

"为什么斯特芬森就不能上我们家来一次？"

"你想说什么？"

"我们不是到楼上去过吗？记得吧，那次我晕倒了？"

"记得，我向你发誓我记得的。"

"那我们就可以请他到我们家来呀。"

母亲沮丧地叹了口气。然后在厨房的一张桌旁坐了下来。他正在那儿吃晚上的点心。她把手放在他的手臂上。

"这可能是个不错的主意，维格沃特。可我们不是那样的人。"

"怎么啦？我们怎么啦？"

"父亲和我，我们不是这类人。我们喜欢——最好是我们自个儿待着，不是吗？"

维格沃特没有回答。他停止了继续追问，向母亲做了个手势，让她不要出声。楼道上响起的脚步声告诉他们俩，这是斯特芬森回家来了。声音听起来好像他就在他们家的门口停下了脚步。维格沃特屏住呼吸，然后他们听到斯特芬森又继续往前走去。维格沃特呼出了一口气。母亲向他笑笑，短暂而优美的一笑。我们最喜欢的是我们自个儿待着，他想。

18

　　维格沃特有两个地方。在这两个地方他可以坐下来等候，一直等到该回到屋里去的时候。要是他去看朋友、同他们在一起的时候，时间溜得飞快，一下子就到了他该回家的时候。可现在就他一个人，时钟走得像只蜗牛，慢吞吞的朝他该睡觉的钟点爬。他想，应该有一个钟头了吧，但手腕上的手表指针告诉他，才过去了十分钟。他习惯于坐在这片土地另一端的那个小水塘旁边。在他们上学的路上要经过这座被蛀虫蚀坏了的老桥。他习惯于坐在从前幼儿园里的一架秋千上，一前一后地荡呀荡的。幼儿园离楼房群的其中一栋不远，或许，如果有人探头向外望去——或许在这些美丽和善温柔的人们当中的一些人如果探头向外望去的话，他们就会看到这个小小的黑色的剪影。坐在秋千上的维格沃特，用腿一前一后地推动着。他最最希望的就是，这一天快快地过去，而下一天再快快地结束。他走在通往另一个地方的路上。他沿着塔楼后面的那条小径往上走，穿过了公路。就在这个下午，突然间他看见一个穿着灰色衣衫的灰白头发老头儿站在地里。他举起一只胳膊，维格沃特看见他的手里涌出一团火焰。维格沃特站住不走了。这是个冷飕飕的秋天的下午，空气清澈明净。仿佛所有的色彩全都被老人手里冒出来的这团火焰给吸走了，周围的世界便只剩下了黑灰白三种色调。维格沃特感觉到这个画面就如定格一般，在他的心里深深地刻下、凝固。老人弯下腰身，让手上的火苗伸进淡黄色的草里。维格沃特心里陡地一下明白了：此人正在田地里放火。

有一次维格沃特和西门得到了火柴。他们在另外一个地方的地里点着了火。开初他们只是点燃了让人愉快的小小的一堆火，感受着烧干枝枯叶的极好闻的气味。火渐渐地暗淡下来，差不多快熄灭了，因此他们把更多的干草枯枝投进火里。猛然间，围在他们四周的火又熊熊燃烧起来。像这样的火势，要是他们真愿意的话，是可以扑灭的。可是他和西门，他们俩互相对看着笑起来。这怪好闻的烧树叶干草的气味消失了，只见火上冒起一股呛人的黑灰色的浓烟。浓烟中夹裹着一道道红色的、橘黄色的火焰，火苗直往上蹿，飞腾而起。他们还在笑个不停，直到西门开始哭了起来，于是维格沃特也跟着哭了起来。他们看见火势是如何地蔓延开去，火已经接近足球场旁边的那栋小房子了。维格沃特设法去扑灭火焰，而西门却完全垮了，他站在浓烟当中大声嚎叫。突然间，维格沃特的父亲出现在那里。他一边用自己的大衣去扑压火，一边向维格沃特和西门大声叫喊，告诉他们现在应该干什么。维格沃特慢慢地注意到他们是怎样一点一点地控制住了局面，火势渐渐小了。他瞅着父亲压抑住了情绪的被煤烟弄得污黑了的面孔，他瞅着从火上发出的闪烁不定的光亮，他自己一边狂喊大叫的同时，一边在燃着的草地上蹦跳践踏扑灭余火。维格沃特觉得他总是希望能这样的：和父亲肩并肩地站在一起为着什么而奋斗抗争。就像是他和父亲一起点着的火，就像是他们在一起设法互相帮助支持，分担命运。慢慢地，西门也尽其所能地参与扑灭火焰。他找来一块板子，他用它来封压草上的火苗，将火闷死不再蔓延。维格沃特能看出他几乎露出了一点笑容。但这是有关维格沃特和他父亲的事，跟西门不相干。西门他可以去扑灭自个儿的火。

　　火算熄灭了。维格沃特和他父亲，他们肩并肩地站在一处。两人都汗水淋漓的，满脸被烟火熏得污黑，衣衫脏得发出了光亮，浑身上下没有一处干净地方。父亲向维格沃特伸出一只手来，他可以看到这只手在颤抖着。维格沃特把自己的一只小小的也颤抖着的手，放在父亲的那只手里。可父亲摇了摇头。火柴，他想索要的是火柴。把火柴盒交给了父亲。父亲什么话也没说，把火柴盒放进自己的口袋里，然后转过身开始向家的方向走去。维格沃特跟在他的后面走。他没有转过头去看西门，可他听见了西门是怎样跳上了自行车，怎样鼻子一抽一抽地吸着气，骑着车朝自己的家奔去。维格沃特跟在父亲身后走，一直走到自家楼房的大门口。在那里父亲才转过身来，等候着维格沃特。父亲掏出一张手绢，在上面吐了一口唾沫，一手抓住维格沃特的下巴。他开始用手绢在维格沃特的脸上使劲地揉搓，擦掉那些汗水和黑烟的污渍。父亲的手太重了，但维格沃特什么也没敢说。最后，父亲用手向他示意，让维格沃特也擦拭他的脸。他弯下腰身蹲了下来，用大而阴郁的眼睛望着维格沃特。维格沃特努力地想把父亲脸上污渍最多的一块地方擦干净，蓦地父亲一把搂住他的后脖颈，把维格沃特拉向自己。维格沃特把手放在父亲的脸颊上，父亲深深地注视着他的眼睛。突然间维格沃特看到父亲的眼睛变得潮湿了，但这一定是被烟火给熏的吧。父亲清了清喉咙。

"我以前也这么点过火，在一块地上。"

维格沃特不敢说什么，他只是等着父亲往下讲。

"我父亲气得暴跳如雷。"

"我爷爷？"

"他说，他真想把我掼进那蛇窝农场里去。"

维格沃特望着父亲，他的脸色很严肃，不像是在编故事。维格沃特记起了一本童话书里的插图：被扔在了一个蛇窝农场里的几个赤身露体的小王子。

"我们不要把这件事告诉母亲。"父亲说。

"不会的。"

维格沃特又跟在父亲的后面走在楼梯上。他就像在跳着舞一般的往上走！

这就是为什么现在维格沃特穿过了夹在高高的白桦树之间的那条窄窄的马路，奔跑跳跃在大地上。老头儿穿着一件灰色的——或许以前曾是蓝色的裤子。戴着一顶或许以前曾是绿色的现在变为了灰色的鸭舌帽。他手持一把草耙子站在那里。火焰舔舐着草地在四周蔓延开来。老头儿没看见维格沃特，他对他正在干着的活儿非常专注，一点儿也没分心。他一边干活，一边唱着一首瑞典很著名的水手之歌：

> 嗨—哦—荷，年轻的水手扬松，
> 清晨的风儿已经刮起，
> 昨夜已经过去，
> 康斯坦蒂娅[1]现在就要出海航行。

维格沃特一下子跳进草地里的火焰还没有完全燃烧起来的地方，像个疯子似的往地上踩踏着扑火。他上下蹦跳着，火焰的热气扑面而来，这淡黄色的浓烟呛进了他的眼睛，他的鼻子。他感觉出泪水已经往外淌了。突然间他听到自己在呼喊父亲的声音。父亲！父亲！维格沃特叫道。然后他察觉出有一只铁一般的手卡住了他的后脖颈，接着他被掼出去了有好几步远。

"该死的，你在这里干什么？！"

1　船名。

这老头儿，这灰白头发的老头儿居高临下地站在上方，手里握着一只草耙子。维格沃特透过泪眼朝上望着他，自己污黑黑的脸上淌着汗水，鼻子上还挂着一溜鼻涕。他抽了抽鼻子。

"不许这么干。"

"你在说什么？"

"这……这是不允许的，在地里点火。"

这灰白头发的老头儿起初惊了一下，突然他轻轻笑了，然后是仰脖放声大笑。维格沃特从地上站起来，把眼睛和鼻子下面都擦擦干净。他固执地盯着老头儿。

老头儿突然停住了笑，他向维格沃特弯下腰来，将他那张灰色的老人的面孔直逼到他眼前，都碰着维格沃特汗津津的脸颊了。

"你知道我是谁吗？"

维格沃特往上望着他，尽量做出一副思考的样子，然后摇了摇头。老人笑了。但他的笑并没有让维格沃特感到安全了些。

"我是霍夫伯爵！你听说过我吧，是不是？"

维格沃特小心地、差不多是虔敬地点了点头。这就是生气农夫的哥哥霍夫伯爵他呀！关于这弟兄俩，生气农夫和霍夫伯爵的故事流传得不少，不过这还是维格沃特头一次看见他。维格沃特视线所及的地方全都是属于霍夫伯爵的。这通往学校的整个一条路是他的，这水塘是他的，这被蛀虫腐蚀了的桥是他的，还有这所有通往桥边的树木都是他的。在那里他们孩子玩过捉迷藏及罗宾汉和泰山的游戏。那建有楼房住宅区和塔楼的一大片土地也曾归霍夫伯爵所有。可他的兄弟生气农夫，在同特吕格弗·赖伊一起喝了一通酒之后就把地给卖掉了。在生气农夫没有生气之前，他只叫着农夫。维格沃特听说了，特吕格弗·赖伊只用了三大块棒球糖就从他手里买下了土地。特吕格弗·赖伊这么做，只是因为他认为普通老百姓也应当有住的地方——在烈酒灌下肚肠之后，农夫也同意了这个观点。维格沃特的父母亲以前住在北部树林区的一座圆木搭成的旧木屋里，一直住到特吕格弗·赖伊亲自过问并开始修建房子的时候。一封信寄到了树林深处，寄到父亲的手里。这是特吕格弗·赖伊写来的。信上说，维格沃特的父母亲可以搬到住宅区的楼房里去住。父亲说他们得到这个机会，是因为母亲长得非常漂亮的缘故。

当霍夫伯爵得知发生了的这一切时，他不禁火冒三丈。把他的兄弟强行关进粮仓，关了三年，只给他土豆吃。当农夫最后终于从里面放出来之后，他就变成了生气农夫。在这一带地区的孩子们的眼里，他很危险，非常的危险。但他的兄弟霍夫伯爵始终是头号大敌人，是他不愿意让特吕格弗·赖伊和其他的人住进塔楼和楼房住宅区的。维格沃特曾经跟着一帮大男孩子们，想方设法地去骚扰这两个没笑脸的邻居，去跟他们捣乱。他们去按人家的门铃然后跑开；他们从敞开的窗户朝屋里扔掷雪球，只听得瓷猫这类摆设和大座钟的玻璃叮里咣当一阵乱响；他们把爆竹塞进他们的邮箱和垃圾桶里，往人家门上的投信口内撒尿；他们捣毁窗上的玻璃，等等。但对生气农夫和他的兄弟——霍夫大伯爵本人，却没任何人敢去碰一下。不言而喻，这是十分危险的事。所有的人都知道，霍夫伯爵曾经杀死了自己的情人，为这个他坐了牢。要不就是生气农夫杀的她？也有人这么认为。对这兄弟俩，维格沃特唯一看到过的是他们家那条容易激动的看家狗，它曾经猛追猛扑过维格沃特，追咬他的脚后跟。那是在消防站上方的场坝那儿举行的某次足球赛之后，他顺这条窄窄的公路骑着车下来路过他们农场边时发生的。当时他把脚踩在自行车的脚踏上，双手扶着手把，整个上半身往前倾斜着，尽可能快地飞蹬着车轮往前冲。因为那会儿根本没有任何人唤狗回去，也没有任何人吹吹口哨什么的示意狗停下不要再追。这时维格沃特扭转着脑袋两边张望，看是否有狗站在附近伸出了它的舌头，呼呼地喘着气，一副非常饥饿的样子。他没有望见什么狗。维格沃特往上望着霍夫伯爵开始开口说话了，他请求伯爵不要杀死他。他不停说着，他从来没说得这么急这么快过。他说他叫维格沃特，他说他母亲早死了，父亲是个海员。他自己住在丝草坝子旁边的一个儿童收养院里。他上这儿来是为了给母亲的坟头上摆放鲜花的，可是他走迷了路。霍夫伯爵只是注视着他，很难看出他心里到底在想什么。

"我可以把你送回家去。"他说。

这下子维格沃特开始大哭起来，完全毫无节制的号啕大哭起来。躺在那儿的瘦小的身体抖动着，带着红一道黑一道的污渍的脸上泪珠晶莹闪亮。他不明白这嚎声、这泪水究竟是打哪儿发出来的，但就是没法止住它。透过泪水，他瞅见霍夫伯爵在他身旁蹲了下来。他从上衣口袋里掏出一张宽大的有灰格子的手巾，小心翼翼地擦拭维格沃特的脸。然后他便坐在那里，让维格沃特自个儿静静地哭。时而拿起草耙子拾掇归顺一下燃着的草地，就跟他的后脑勺上生着眼睛似的。因为每一次当维格沃特注意到草上的火苗一开始往上蹿，手持草耙的伯爵就已经站在了那儿。维格沃特不愿意伯爵离去，他很希望伯爵永远坐在那里，在他的身旁，不时地用他那张宽大的手巾擦擦他的脸。

"这就是为什么你呼唤你的父亲——当你站在火中的时候？"

维格沃特点点头，他咽下一口唾沫，抽了抽鼻子。伯爵静默了一会儿。

"你饿吗？"他问。

维格沃特不饿。但他明白，当一个人是孤儿又走迷了路时，他肯定应该是饥肠辘辘的。他点了点头。伯爵也向他回点一下头。

"帮我把火灭掉，"他说，"然后到我家去一趟。看上去你是知道该怎么样把火弄灭的。"

"你……你要……送我回家吗？"

"这不着急。"霍夫伯爵说。

维格沃特摇摇头。

"对，这不着急的。"

19

霍夫伯爵和维格沃特站在主楼的外面。维格沃特可以望见在道路另一边的那座红色大粮仓。每时每刻他都在等待着那个生气农夫怒气冲冲地咆哮着冲过来。霍夫伯爵把钥匙插进门锁孔里，要打开这扇门他真得好好费一番劲儿。维格沃特听到一种声音，好像屋里有什么东西塌倒了下来。霍夫伯爵高声骂道，同时用尽他所有的力气去推抵门板直到最后门被打开。一下子维格沃特突然发现自己就这样站在了一大堆山也似的杂物当中，其中有纸张、纸盒、空罐头、塑料袋、牛奶瓶子、陶瓷碎片、自行车轮圈、破布片子、挤扁了的牙膏皮、灯泡、墨水瓶。站在门厅里闻到的这股味儿，就跟那在太阳底下晒过的报纸的气味一样，维格沃特暗想道，只是这味儿更浓了些。伯爵用脚把最杂乱最碍事儿的东西拨弄到一边，在这堆破垃圾当中清理出了一条类似小径一样的空白地带。他朝维格沃特转过身去，笑了笑。维格沃特想，可能他自己也回报了他一个微笑。

"你害怕吗？"霍夫伯爵问。

维格沃特不害怕，但他觉察出自己的心里在簌簌颤抖。他知道他正在走进一个世界，而这个世界只可能是属于他的。

"这里有一条狗，是吗？"

伯爵没有回答。他只是摘下鸭舌帽，脱掉外套。在门厅的污黄昏暗的灯光下，这帽子和衣服完全变成了灰颜色。他把它们随便扔到那些杂物堆上。维格沃特没脱衣服，他那件厚实的、有些发硬了的毛衣还穿在身上，他只是解下围巾，把它紧握在手里。从门厅那儿他跟着伯爵往里走，通过了一个曾经一定是厨房的房间。现在那儿仍然可以看到一个洗碗槽，和放在一大堆木板后的铁锈斑斑的废旧柴炉，炉子上面盖着一叠报纸。在这些凌乱不堪杂物遍地的混乱之间，有一道类似小径的通路。往前走时，维格沃特和伯爵得把一只脚端端正正地放在另一只脚的脚尖前，为的是不要踩着地上其他的东西。这种迈一字步的走路方式很难保持身体平衡。突然间，在维格沃特的眼前浮现出了在家里客厅里的母亲的身影。她把一本书放在头顶上，两臂向左右两侧展开平举着，在客厅的地板上走过。她身体挺直，笔直地迈着腿往前走。这是维格沃特从未见过的，她是在向维格沃特和父亲表演巴黎的时装模特在展示时装时是如何走路的。维格沃特笑了。他朝陷坐在沙发里的父亲瞟了一眼，看见他的脸上透出了笑容，看见他是怎样地欣赏着母亲，认为母亲也同样美丽温柔，举止优雅。现在是维格沃特和伯爵像时装模特那样迈着步子，穿过他客厅里的杂物垃圾堆。在乱糟糟的东西里，伯爵找到了一把只有三条腿的椅子，他把它靠着一张破损的桌子安放好，这样维格沃特便可以坐在椅子上而不至于翻倒在地。伯爵走近维格沃特，把他抱举起来放到椅子上，自己退后一步，用一双暗淡无光的眼睛凝视着维格沃特。

"你，你不可能一直待在这里。"伯爵说。

维格沃特真想告诉伯爵说，他迷了路不是真话。他是个孤儿也不是真话。可当伯爵站在他跟前的那会儿，维格沃特没有其他的选择，嘴一张就这么说出来了。他是想获得伯爵对他的怜悯和同情。他成功了！

"那么，"伯爵说，"我们可以待会儿再聊天。你饿了，是吧？"

当他们吃完东西以后，维格沃特坐下来，瞟了伯爵一眼，他正斜靠着一大堆旧报纸，一半躺着一半坐着。他是看着伯爵如何把吃的东西做出来的。他从一堆衣物下面搬出一个电炉，接通电源后就在一口极大的铁制平底锅里煎腊肠块。然后又切好了面包片放进锅里，用腊肠熬出的油炸面包片。他又如变戏法般地从不知什么地方弄来了两把叉子。把两只纸盘子放到维格沃特和自己跟前：盘里是腊肠块和被油浸饱了的面包片。虽然维格沃特刚刚用过晚饭，他还是狼吞虎咽一股脑儿把它们全都吞下了肚里，觉得味道好极了。现在伯爵坐在那儿喝咖啡——对此，维格沃特客气地婉谢了。他用眼睛望着维格沃特，维格沃特也回望着他。在伯爵锐利的有着穿透力的目光的注视下，维格沃特真想说，在下面那片土地上，在腾起的黑烟、飞卷的火舌和闪耀的火光之间，他结结巴巴说出来的一切都不是真的。它们全是假话。

"或许你没有走迷路，是吗？"

维格沃特觉得自己的脸一下红了。

"你或许也不是父母双亡的孤儿？"

伯爵说这话的时候，就跟在对着自己说话一样。这情景看上去就活像维格沃特已经完全招出了自己的真实身份。伯爵点着头若有所思的样子。

"你住在下面的楼房住宅区吧？"

这下来了，现在可得好好留点神！伯爵痛恨所有跟那片住宅区有关的一切。可现在伯爵并不是在等待维格沃特的回答，虽然他是在这么对他说着。维格沃特真想从这儿跑开去。生气农夫上了特吕格弗的圈套，这可不是他维格沃特的过错，也不是母亲、或是父亲的过错。他咽着唾沫，直瞪着伯爵看。

"这么说你没有听说过伯爵这个人？"

"我没这么说。"

维格沃特几乎变得结巴，他是那么激动紧张加上害怕。

"我知—知—道你是谁。"

伯爵笑了，仿佛维格沃特的模样很滑稽。

"你是知道的呀！"

"我也知道你兄弟是谁。"

维格沃特大着胆子又说了一句。

"我兄弟？"

"是啊，他……生气……"

维格沃特一下子用手捂住自己的嘴，显而易见他话说得太多了。可伯爵既没生气也没发怒。

"生气农夫，你想说的是这个吧？"

维格沃特点了点头。伯爵笑了，一种忧郁的笑。

"这里就住着我一个人，"他说，"这么说，或许我就是那个生气农夫？"

"是吗？"

"有时候我是生气农夫，有时候我是霍夫伯爵。你不觉得这令人感到恐惧？"

"有一点点。"

伯爵笑起来。

"你不要这样想好了。"

维格沃特望着伯爵，一直看到他的眼睛里。突然他不再害怕了。伯爵说了，你不要害怕，所以他也就不害怕了，他感到全身上下是那么的轻松！他想待的地方就是这里，在所有这些成堆的纸片和废物垃圾当中。

"你杀死了你的情人，是真的吗？"

他真不该问这个问题，真不该！这些话是自个儿从他嘴里冒出来的，可见不再感到恐惧害怕是件多么惬意的事。不过伯爵好像没有如此好心绪，看上去他有点心情沉重。伯爵缓缓地摇了摇头。

"不，"他说，"我没有杀死她。"

室内一阵静默。维格沃特想说话，可他又不敢开口。伯爵猛然地摇摇头，他的眼睛死死地盯着维格沃特。

"现在是你该回家的时候了。"

维格沃特不愿意离开，他瞅了一下表。

"这才六点半。"他大着胆子说了一句。

这时候伯爵又消失了，仿佛他并不存在这屋里，仿佛他是睡着了。实际上伯爵是坐在那儿打盹儿，眼睛没闭上，他的眼睛睁得大大的。

"这才六点半！"维格沃特提高了嗓子，"离我回家的时候还早着呢。"

伯爵笑了笑，用眼睛直视着维格沃特。他的眼睛是那么那么的清澈碧蓝，维格沃特看得出，这双眼睛已经准备好了要带着他出外远行。

"那么什么时候你应当在家里呢？"

"八点，分秒不差。"

伯爵点点头。他看着维格沃特，看了很久很久。

"你愿意留在这里直到那时候？"

维格沃特耸耸肩头。这倒不是这个意思，至少不完全是这个意思。有好一会儿两人都不再说话了。维格沃特又得咽下一口唾沫。

"在那之前我不要在家里。"他说。他留意到伯爵正注视着他，但就在这一刻，维格沃特不愿意与他的目光相遇。

"我明白，"伯爵说，"我明白。"

他从身旁的一大沓报纸堆里飞快地抓起一张，开始仔仔细细地研究起来。他打开报页，用极快地动作一页一页地翻过去。然后把报纸扔开，又望着维格沃特。

"但很抱歉，你不能待在这里。"

维格沃特咽下一口唾沫。他站起身来，将围巾缠在了脖子上。他鞠了个躬。

"谢谢你的晚餐。"他说。

伯爵望着他，脸上带着一种近似恼怒的笑容。借助于放在地上的一根手杖支撑住自己的身体，他也站起身来。维格沃特站在房间的地板中央，他的头刚好在悬挂在天花板上的一只前后摇晃的灯泡底下。

"你现在就回家？"

维格沃特耸了耸肩头。

"谢谢你的晚餐。"他又重说了一遍，然后转过身去。他听见身后的伯爵清了清喉咙。

"我要干点事，这事……我不能让人打扰……"

"没关系，我走好了，"维格沃特说，"这完全没关系的。"

"你当然可以留在这里，"伯爵说，"要是你只是静静的，要是你只是安安静静地坐着。或许，在这里你能找到一些读的东西。"

伯爵伸出一只手臂，在成堆的废旧报纸、杂志和其他乱七八糟的东西中翻翻。伯爵冲维格沃特笑了笑，维格沃特撅了撅鼻子。伯爵肯定是找到了什么可以读的东西了。

"这就是我为什么不准备把什么东西都扔掉。"伯爵说。

过了些时候，维格沃特兴趣很浓地坐在那儿看着霍夫伯爵收拾安装一台电影放映机——就像班上那些最幸运的男孩子们，或者说是这些班上最幸运的男孩子们的最幸运的父母们有的那种电影放映机。在过生日那天他们看的卓别林和哈罗德·劳埃德（Harold Lloyd）的那种旧影片是这样的：卓别林沿着大街小巷往前飞跑着逃命，身后是追赶他的警察。他们个个都是些肥胖的大块头儿，蓄着尖细的胡髭，头戴钢盔，手里有口哨和警棍。电影胶卷烧片了，当父亲的就用胶水去沾沾好。生日聚会进行到了高潮。但最为精彩和最最白热化的时刻，是当电影放映结束后爆发出的那一阵阵集体呐喊声：倒着放！倒着放！倒着放！于是卓别林和警察们以飞快的速度出现了，以更快的速度倒退着跑。他们听到喊声了，影片中的人儿听到喊声了！他们开始倒退着跑了！先是大块头的胖警察们，然后是卓别林自己退出了画面。他们离开了这些正在观赏着他们的人们，离开了维格沃特。但对卓别林，维格沃特的目光始终追随着他，没有半点闪失，直到他像一个小黑圆点那样远远地消失在了银幕的画面当中。他举起帽子，让人难以觉察地向着他，向着维格沃特点了点头。致维格沃特：你的好朋友查理·卓别林。

"我们要看卓别林的电影吗？"维格沃特完全按捺不住了。

"我们什么也不看，你做你自己的事情。"

伯爵对维格沃特说。他的语调友好，但毫无商量余地，就像最聪明能干的老师会做的那样。像这样待人接物的人，维格沃特就愿意跟他们在一起。

伯爵已经带上了一副窄小的眼镜坐在那里，他眯缝起眼睛，看着跟前的一些铁灰色圆盒里泛黄了的标签、张贴物。这些盒子放在安放着电影放映机的同一张歪歪斜斜的桌子上。现在他抬起眼睛朝维格沃特望去。维格沃特坐在一大堆旧报纸杂志上翻着一本周刊。他把杂志举起来好让伯爵看见他正在阅读，他是不会干扰他的。伯爵点了点头。

"这不是卓别林的电影。"他说。

维格沃特找到了一篇文章，说的是有个人把自己的照片寄给一家周刊杂志，然后杂志把她变成了一个新的女人。文章上这样写着："我们让你容貌一新。"这倒是真话。寄去的照片，她看上去灰溜溜的一脸苦相。不过杂志给她换了一身新装又给她描眉涂唇梳妆打扮之后，她也并没有因此而变得好看了些。约娜约娜啦嘿嘿耶，往下滚到斯图街。裙子长腿脚短，垂挂的屁股像个磨石轮。[1] 她并没有变得漂亮了些。可她变成了新人，变成了另外一个人。维格沃特扔下了这本杂志，他的眼睛瞅到了几本《房屋与家》。他拿起其中的一本翻了翻，找到了他知道是母亲写的文章"纺织品墙纸当为首选"，因为她曾为这个题目而感到十分自豪。刹那间，维格沃特听到屋内响起了自己的声音，是他在为霍夫伯爵高声朗读："早些时候人们极为看重纺织品墙布，是因为它在某种程度上也有绝缘作用。如今不这样看了，今天是从美学的审美角度来衡量判断——顺便一说，你知道，这纺织品墙布本身就是一种创举，而普通的墙纸最初流行是在 18 世纪中叶。有相当一批数量的墙布将提供给我们今日的消费者，这里我们仅举几例——请接着往下看，合成塑胶的黄麻纤维墙布、亚麻纤维墙布、玻璃纤维墙布，其中花色品种多样应有尽有。"

维格沃特就像他突然开始的那样突然停下不再往下念了。伯爵一直没怎么留意的，可现在他望着维格沃特点了点头。

"是吗？"他说。

维格沃特向他回点了一下头。这时伯爵已经又全神贯注地回到他手上正在干着的事情上去了。维格沃特偷偷地望了他一眼，伯爵已经把一盘电影胶卷装到了放映机上。现在他正把一块污渍斑斑的床单挂到墙上的两颗钉子上。接着他在一个墙角的一堆杂

1　约娜（jǎla），即赶时髦女人的代名词，此为当时街上男孩子口中流传的顺口溜。

物里翻腾，找出了一盏小小的台灯。他把它放到维格沃特坐的地方，接通了电源。此时维格沃特正把脸埋在杂志中，他怕伯爵不相信他在读杂志。伯爵关掉天花板上的吊灯，朝电影放映机那儿走过去，打开了机器的按钮。维格沃特在眼角处瞟到了开机后映在床单上的灰白色的光圈"5、4、3、2、1"，这时他没法不抬起头来，没法不抬起头来望过去。他听见伯爵的声音。

"这就是她。我没杀死她。她只是消失了。"

后来维格沃特听到了整个故事。伯爵第一次与她相遇至今差不多已有十年。这一切发生在阿克什胡斯城堡旁一家叫斯堪森的饭店里。他是从不上饭店吃饭的，那一次他是到奥斯陆大学会议厅去听一个有关现代化地窖的操作经营管理的讲座，和一个朋友一起去的。称此人为朋友，或许有点不恰当，有点过了，因为他比伯爵要年轻三十岁，而且他们彼此几乎难得碰一次面。但伯爵想到这个人心里总是感到温暖。那是在第二次世界大战时期，在一次训练活动中认识的。一次伯爵的农场曾被作为要逃亡到瑞典去的一队人的聚集地点。伯爵告诉维格沃特，这个年轻的朋友就是当时这个队伍中的一员。战争刚一结束，他就登门拜访伯爵以示感谢。后来他们也偶尔见见面，直到在斯堪森饭店的这天晚上。这一切的前前后后究竟是怎么发生的，伯爵并不知晓。但他总认为这全是他这位朋友的安排。

"你知道吧，他是想为以前的事酬谢我。"伯爵对维格沃特说。

在会议厅外，在卡尔·约翰大道[1]仿佛被一层浅粉红和天蓝色的纱缦笼罩着的那个温暖的夏天晚上。事实上，他们俩是与这位朋友的情人偶然相遇的，她正和她的女伴出外游逛。与朋友及与自己的心上人重逢的喜悦是巨大的，到底是望着自己的友人还是望着自己的情人，伯爵不明白他怎么能对付得过来。当他的朋友好不容易从这场惊喜中清醒，他把伯爵介绍给了自己心上人的这位女友。在伯爵还稀里糊涂没完全弄明白他说的这番话之前，他们就已各自手持一杯啤酒，围坐在斯堪森餐馆的户外餐桌旁了。她叫卡琳，长得非常美，那是伯爵称之为毁灭性的那种美。这时候，伯爵的这位朋友和他的心上人没能帮上更多的忙。他们自顾自地坐在那儿，互相握着对方的手，互相凝视着对方的眼睛，互相亲吻着。两次亲吻的间隙愈来愈短，直到在一个长长的吻里，仿佛他们二人融为了一体，仿佛这个长吻会延续整个晚上直到就寝的时间。卡琳轻盈活泼，卡琳也很认真严肃。当她望着他的时候，让他有一种胆怯和安全混合在一起的感觉。他只想从桌旁站起来，赶快乘电车回家去。他又只想抓住她的手，把它握在自己的手心里，决不站起身来从这儿走开。他说到了他的农场、他的牲口，话越来越多。她说得不多，但她望着他。她轻盈活泼又认真严肃。他又胆怯又安全。最后是她，是卡琳把她的手放到了他的手上，有两秒钟的时间。然后她半转过身去，又朝他回过身来

---

1 以瑞典卡尔·约翰国王命名的奥斯陆市内的一条中心大道。

嫣然一笑。她站起身来走了出去,他跟随在她的身后。另外的两个人这才留意到,就剩下他们俩守在桌旁了。

　　他和她之间有三十岁的年龄差距。一方面伯爵不理解她看上了他的什么,为什么她会要他。另一方面他自己感觉到,和她在一起相处,是那么自然,那么容易。他想和她在一块儿,他感到自己好像只有三十岁。当他把自己的感觉告诉她的时候,她觉得这毫不奇怪,对此她也有同感。她说,她觉得自己像个十三岁的小女孩。她或许感到自己像个孩子,可是她的身体,她的饥渴和欲念属于一个成熟的女人。伯爵对异性的经历不多,回忆起以往的这类经历或是内容,那是远远不能与现在他和卡琳二人之间的情感体验相提并论的。他觉得自己仿佛沉睡了整整一生,然后有人在他的眼睛里滴入了魔法水,于是他终于能睁开双眼了。首先进入他眼帘,然后又通过他的眼睛再进入到他心底的是卡琳,他让他自己被完完全全地填满充盈。他不愿意到其他任何地方去,就只愿意同她在一起。很快的,当她不同他在一起的时候,他便不思茶饭,夜晚也难入眠。当她不同他在一起的时候,他感到仿佛自己在灼热日光的煎烤下晕眩且步履踉跄。因为她是一掬清凉,她是憩息和安静。这强烈灼人的热力会消退,会变得凉爽、持续而没有穷尽。当他看不见她时,他想死去。可是当她不在身旁,他连去死的精力都没有。他没法收拾家里,没法去洗刷,没法开口说话。他只想死,但欲死不能,因为她不在身旁。有时候可能要过好几天他才能见到卡琳一次。当她不同他在一起的时候，对着这白色的、毫无怜悯的太阳，对威胁着要将他的脑袋枯缩、要吸出他眼睛的太阳，他试图抗争，试图捍卫自己。

一次他问她，和他不在一起的时候，她在什么地方。

"你不用为这个担心。"她说。然后送给了他一个灿烂的笑容。

那他就不用为这个担心好了。因为她说过了，不要他这样。

一次他看见了她，那是在她走了三天以后。他走着，沿着一条条路漫无目的地走着。他记得他在地上绊了一下，似乎他无力将脚从地面上抬起，而几乎是拖拉着腿往前走的。这已是盛夏季节，四处都是一片深绿颜色。他就像一个病人、一个盲人一样跌跌撞撞地走着。然后突然间，他看见了坐在一辆汽车中的她。他跟了过去，走到这辆黑色的大奔驰轿车的一侧。他认出了她的背影，无论什么地方他都能一眼认出她来。当他看见了她的那只手时，真想砸碎汽车的玻璃窗。曾经有一次，在一个露天的餐馆，这只纤手放在了他的手上，在此之后还有过这样的许多次。现在他看见她的这只手举起来，去抚摸一张脸。坐在驾驶座位上的一个男人正双眼直视着前方。她用她那只可以抚慰人伤痛的玉手，在他的脸上轻拂而过。他看不见这个男人的脸，但他看到的也够多了。他看见爱的柔情蜜意是如何从卡琳那儿传递给了那另一个人。伯爵对着她吼了一声，卡琳扭转过头望见了他。她既没有受到惊吓，也没有尖叫出声。事后他相信在最初的极短暂的一瞬间，他看见她的目光黯淡了下来。但他也难以断定，自己是否看花眼了。至少她笑了，她对着他笑了。她向伯爵送出了一个他从未看到过的一种最温暖、最迷人的笑容。然后她说了些什么，伯爵不可能听见。坐在她身旁的那个男人扭转了插在汽车启动器上的车钥匙，汽车向前开动了。伯爵退回几步站在原处，太阳不再那么灼热发出刺目的白光，他也不是一个病人或是盲人了。

当天晚上她回到了他这里来。他向她问起车里的那个男人，她的回答跟从前一样：他不用为这个担心。她也跟从前那样亲近他，跟从前一样的主动和饥渴。伯爵这一次花了很长时间才设法忘掉车里的那个男人，忘掉他所看见的一切。但它们并没有消失，它们在那里。伯爵的身体没有忘记她触摸那个陌生男人的那只手，伯爵的脸颊没有忘记那只手。伯爵的脸颊在嘶喊、在追逐着那个触摸，那个一丝不走样的触摸。

"抚摩我的脸颊吧，就像你抚摩他一样。"他这么说了。当他说这话时，努力试着笑了笑。可卡琳没笑，她只是缓缓地摇着头。

"我不能这么做。"她说。

"为什么不？"

"因为你不是他。"

"那他是什么呢？"

"他是他，你是你。你不用这么担心。"

慢慢地，当卡琳同他在一块儿时，伯爵就没法吃东西了。他无法安眠，无法收拾屋子，他也没精神开口说话。他感到好像他们之间有了距离，他没法走近她。当她在他的身下扭动旋转时，当她冲着他呻吟喊叫时，他只是注视着她，端详着她。他明白他唯一需要的是一只手的动作，一只来自她的手。他只希望她抚摩他的脸颊就像她抚摩坐在黑色大轿车中的那个男人那一次——很可能是数不清的无数次那样，要完完全全一丝不变。她也不是没有爱抚或是触摸过他，不是这样的。但他从来没有感受过她传递过来的情爱。相反地，他感觉到每一次的触摸之后他便流失了一些爱。并且他开始相信事实上会是这样的：她带走他的热力与温暖就是为了传递给那另一个他。在最初阶段，当他一开始叨念着那个触摸时，她只是笑话他，就像他鲁莽无礼不解人意。但渐渐地，她开始使尽浑身解数的尽量讨好他、满足他。她爱抚他，与他亲热，用一千种方式表达她对霍夫伯爵的爱意，但就是单单没有那一种。

"你到底要我做什么呢。"她说。他只是坐在那儿耸耸肩。

他已经非常清楚非常准确无误地讲过，他需要什么以及她应该做什么。难道就这么难办吗？

最后她既不再笑话他，也不再抚摩他或是淌眼泪了。她只是坐在伯爵客厅里的一把椅子上，一声不响。无论他冲着她喊叫、央告或是乞求。最后是他，是他一把抓住她的手，把它硬往自己的脸上去揉搓。

"摸吧，"他吼叫着，"你摸吧！"

他就这样失去了她，她就这样消失了。

"但我没杀死她，维格沃特。"

20

　　和卡琳在一起的最初阶段的第一个夏季里，霍夫伯爵的生活似乎是一只脚跨入了永生，而另一只脚踏入了坟墓。至少他在告诉维格沃特他的故事时，是这样描述的。维格沃特常常打断伯爵的话，让他解释他自己不能完全理解的事情。但恰恰关于这一点，维格沃特自认为他明白，尽管伯爵坚持要做一些解释。现在维格沃特差不多是伯爵家的常客了。一周里至少有两个下午，他坐在那堆旧报纸上装模作样地读些什么。与此同时，伯爵将他每日里要做的一套事情都做完。之后，他们两人便是伯爵说，维格沃特听。就这样到最后，他听完了关于这个卡琳的全部故事。她将伯爵牢牢地拴住了，拴得死死的。无论是在永生里，还是在坟墓中。无论是在天堂里还是在那三小铲的圣土下面[1]，伯爵很清楚很明白，

1　为葬礼上的一种仪式。在盖棺入土之前，牧师要在棺材上撒三小铲泥土。

要是他与她在一起，生命便将永远不会终结，它会上升复苏，永垂不朽。生命将升华至神圣与辉煌。同时伯爵也清楚明白，她终将会离他而去的。如他所说，他最后仍然要被惩罚过一种没有她的、被土地牢牢拴住的生活。这种洞察与明了，就如压在伯爵心上的一块石头。一天，他从自己的积蓄中取出了不小的一笔款子，完成了一项前所未闻的壮举——这是他自己对此做的评价。他用这钱去买了一部八毫米电影摄影机，加上好些个镜头。还有完整的一套电影胶片剪辑机器和一个电影放映机。然后他报名参加了一个称为"八毫米小电影少年函授学习班"。就对焦、光线和画面构图的题目一一回复了完整的答案。在运用摄影机的淡入、淡出以及镜头变换等方面，他成了一个内行，接着他开始进入了摇镜头拍摄全景的种种奥秘之中，最后便收到了邮寄来的课程结业证书。霍夫伯爵现在可算作是一个有才干的、技术娴熟的小电影制作人了。甚至判卷的考官也对其成绩极为满意，以至在他的答卷上亲笔写下：给予此人免挪威少年小电影协会会员费一年。那时候的伯爵正好六十五岁。他把那堆旧杂志挪了挪地方，真的找出了那张结业证书和那位考官当时的签字。他把这些都给维格沃特看了。毋庸置疑，伯爵在接受了这个免交一年会费的奖励而进入小电影协会后，他寻求到了一个能让自己得以发挥的、充满生机的环境。在那儿自然有不少侦探题材的小电影，画面昏暗污黑，模糊不清，采用的都是镜头急速摇晃变换的手法。比如，挂着长长的绿色假胡须的哥哥，手持一把抹黄油的小刀，飞奔在通往二楼的楼梯上。他要去捉住那个由妹妹装扮的富家小姐。突然台灯被拧开了，屏幕上的那暗黄色的面孔陡然间变为一片白色。手写在小纸卡片上的歪歪斜斜的美术字，讲述了这个故事发生的经过。剧中的英雄，嘴角上叼着父亲的烟斗，透过一个放大镜，直直地盯着你看。可那握着放大镜的手，却很不稳地摇晃着。用掺了大量水的番茄酱做成的血水，在厨房、客厅和浴室里，滴滴答答到处都是。不消说，伯爵获得了函授学校有史以来的最高分数。以伯爵在操纵摄影机的手控能力上具有显而易见的敏锐感，他本完全可以在这个挪威少年小电影协会里大显一番身手的，但伯爵还有自己私下的计划和打算，他有自己的屏幕需要去填满。他要用永恒、梦想与思念去填满这块屏幕。他用维格沃特从未见识过的最美的画面填满了这块屏幕。

　　她直视着维格沃特。用这短暂的同时又是极为漫长的一秒钟直视着维格沃特，他仿佛堕入了她的目光之中。这是他第一次看见她，他对她一无所知。他不知道她姓甚名谁，也不知她何故这么直直地凝视着他的眼睛，虽然他后来知道了这一切。但这是他头一次到伯爵家，同时他坐的地方又被一大堆纸和废物家什所环绕着。当时的他只明白，他被完完全全地吸进了她的目光里。她自然不是直视着维格沃特的，她盯着的是伯爵正端正对准她的那部小小的八毫米摄影机。在把脸从镜头跟前掉过去的那一刹那间，她嫣然一笑。就仿佛她明白她放射出的是怎样的一道目光，仿佛她自己感觉出了是谁留驻在了她的目光里。她那么确信，仿佛被这目光触及的是她自己。之后，便是整个房间环绕着她，在她四周旋转开来。她站在外面的场院里，膝部弯曲着，好像是在完成一种以左右摇摆的姿势前行的一个屈膝礼。几步缓缓的舞步，她卖弄风情般地优雅地将双臂向两侧轻柔舒缓地展开，同时将一条腿举到了空中。突然，她感到一阵难为情。她将一手捂在嘴上，另一只手在脸跟前挥舞着，要伯爵不要再拍了。然后镜头一倾斜，一条小小的看家狗进入画面。它的舌头伸在外面，鼻孔张得很大。伯爵把摄影机往上一抬举，对准了狗的口鼻处，接下去镜头又回到了她身上。不过这一次是从她身后拍摄的。她走在伯爵前面，走进了屋内。她转过身来想要说什么。维格沃特看见，当她发现了伯爵还在继续拍她时，突然变得很生气，她在空中向他挥了一下拳头。摄影机的镜头立刻向下，把伯爵那双污渍斑斑、沾满了沙土与肥料的鞋拍了进去。维格沃特听到放映机里发出一阵窸窸窣窣胶卷转动的声音，接着他看见一道光线逼进，穿过了他和伯爵坐在那里的整个屋里。他看着在光线里旋转飞舞的金色尘埃。他看着这些镀上了金色的光线在白色的床单上又怎样化为了这个女人。蓦地伯爵自己出现在了屏幕上。维格沃特可以看出，那时候的他显得年轻一些，让他想到了自己的父亲。维格沃特知道，现在是那个女人握着摄影机在拍伯爵。伯爵没有摆出舞姿，没有对着摄影师在空中挥拳头。他站在那里，盯着前方稍稍偏离摄影机镜头一点的地方，神情极其严肃。维格沃特可以看出，伯爵手握摄影机时的得心应手，和他眼下在这个女人跟前的表现完全判若两人。他一本正经地站在画面当中，眼睛紧紧挤在一起。突然间维格沃特全明白了：站在那儿望着镜头的那个大男人，他是满心的惶乱。看着伯爵的眼睛，维格沃特心里猛然一下子体会到了在那个晚上他望着玻璃窗上自己的影子时同样有过的感觉。这个画面背后掩藏着维格沃特想弄明白的某种含义，一种他想发现但又寻它不得的含义。电影突然一下子结束了。胶卷在放映机里骨碌碌地朝轴心转回。伯爵家外面的场院在白色的床单上变为了一个四方形大光圈。伯爵又拧开了天花板上的吊灯。维格沃特急忙埋头看杂志。伯爵说话了。他的声音变了，听上去跟刚才不一样。

"你看见她了吗？"

维格沃特不知道他应该如何回答。因为他是被吩咐过了，做自己的事不要去管别人。

"你看见她了吗？"

维格沃特抬起眼睛望着伯爵，突然间伯爵有了他在摄影机前同样的眼神，只是在他的眼睛里维格沃特看见的不再是惶惑，而是思念。维格沃特不知怎样开口说话，但他点了点头。他看见她了。伯爵也回点了一下头。

"这就好，"他说，"我担心你没有瞧见她。"

他瞅了瞅墙上的挂钟。

"时间不早了，你得走了。"他说。

维格沃特点点头站起身来。他望着伯爵，这个站在堆满了杂物和旧报纸的房间中央，穿一身灰褂子的大个子老人。然后他大着胆子问了一句：

"她是你的姐妹吗？"

伯爵的目光从维格沃特身上移开，固定在了那张白床单上的一个地方。

"下一次我们再说这事吧，"他说，"等下次你来这儿的时候，我们再说这事。"

维格沃特点点头。维格沃特朝伯爵点点头，然后他笑了。

"下一次。"他说。

维格沃特开门进了屋，站在门厅暗沉沉的灯光下聆听。通过进入客厅的这扇门，他可以听到他们两人都在里面。母亲坐在沙发上她固定的位置。父亲坐在收音机旁边的那张舒适的椅子里，收音机上的指示灯像只绿色的大眼睛，一闪一闪的。他们没有听见他回来，他们没有维格沃特那样好的听力。他可以听到他们在阅读，他可以听到母亲在读一本书，而父亲读的是报纸。他可以听到在母亲呷着一杯酒，父亲抽着烟斗。母亲开口说话，但不可能听清楚她说的是什么。不过通过这道门传出来的呢喃不清的低语声，是极为平和、安宁和温暖的。所以他明白和他们在一起的这个空间是平和、安宁和温暖的。他走进自己的房间，走到窗前的写字台跟前。他把台灯对准自己的头部，望着陡然间在窗户玻璃上显映出的自己的影像。

21

　　在维格沃特的那本地理书里——他自己曾试过给这本书包上一个封皮——有一张塔楼的照片。这栋楼被称作所谓的特吕格弗大厦，这是挪威当时最高的建筑。在图片的文字说明中强调，这是第二次世界大战后在住房建设上的一个样板。维格沃特不喜欢这段文字介绍。他认为当他们把一张塔楼照片放进学校的教科书里时，应当先对这栋房子作进一步的详细描述。应当这样写道：此楼下面的楼门进口处是带锁的门，因此不住在那里的人是很难进入的，一个普通楼房的进口处通常是不锁的。还应当这样写道：从大门进口处到通往电梯的一路，都摆放着用以装饰的大簇大簇的鲜花。是啊，让整个前厅看上去如同黑色的花岗石和粉红色的大理石一样，明亮鉴人闪闪发光。这整栋建筑里是陌生的人们，他们属于另一个世界、另一个类别的群体。对所有那些住在普通楼区里，又不像维格沃特那样有个住在里面的朋友的人来说，这是一方封闭的天地。曼内住在第五层。有时候他带着维格沃特一起坐电梯，上到第十三层楼去。透过一扇很小的窗户往里张望是看不出什么的。但他们可以感受到高度，他们觉得楼在倾斜，有可能塌下去。至少维格沃特明白，他完全相信这是一种好感觉。一种他渴望的感觉将跟随着他，或是他跟随着一种感觉。这里有某种他可以寻觅追随的东西。电梯没有把他们送往大厦的最高处，他们没能完全到顶部。在十三和十四的楼层间设有另外一部电梯，得有单独的钥匙才能使用它。由这座城里手工技艺最出色的锁匠打出了一把金光闪闪的大钥匙，一把只有特吕格弗才会拥有的神奇的大钥匙。这还是由挪威国王奥拉夫五世亲手授予他的。是曼内曾亲眼见过，还是曼内的母亲亲眼见过，抑或是曼内的父亲——对了，曼内的父亲几年前失踪后就再也没回来过——亲眼见过这发生的一切？那一天曼内的父亲身上背着上膛的自动步枪，站在一辆敞篷汽车里，在奥拉夫国王身旁。那时奥拉夫国王还是王储，他正跟特吕格弗一起从战事里回到挪威。

"我希望你父亲有一天会回来。"

一次当维格沃特和曼内一起，坐在街的拐弯处阿尔内森家的铺子外面记录着来往的汽车号码时，他这样说。

"那我可以向他问声好吗？"

曼内没回答。他忙着记下正好开过去的一辆青绿色的沃尔沃轿车的号码。

维格沃特想问问他：是这样的吗？曼内，是这样的吗？当你

129

父亲看见你时，他会抱住你，把你朝着天花板上一扔，然后在你落下时再一把搂住你，同时发出低沉浑厚极有共鸣的笑声？当他在街上看见你走过来时他会双膝跪下，伸出他粗壮的手臂搂紧你，这样无论你如何使劲摆动小腿飞跑，脚尖却始终不落地。他把你一把紧搂进他那宽阔厚实的胸膛，也不管是否有人看见、是否有人笑话你们？当他饭后躺在沙发上休憩时，允许你伏卧在他那宽大的肚腹上，抚摸他的脑袋，戏玩他胸部浓密卷曲的汗毛。当你要入睡时，他会坐在你的身旁，拍拍你的脸颊，揉着你的头发，说：你和我，曼内，就你和我。他去科特迪瓦执行一道秘密使命了，他很快就要回来的。这一切不都是你告诉我的吗，曼内？

"他可要很长时间才能回来。"这就是曼内能说的一切。

曼内望着他，把笔记本塞进衣袋里。

"我得回家了。"他说。然后曼内跑着走了。

国王把塔楼最高一层的那把神奇钥匙授予特吕格弗·赖伊，曼内的父亲是这件事的见证人。这一点至少是毋庸置疑的了。特吕格弗·赖伊让第二次世界大战得以结束，因此他获得了奖励。这回挪威打败了德国，虽然德国一贯声称他们全线获胜。这把钥匙也让电梯上升到第十四层楼。当电梯门一打开，人就站在挪威的最高建筑物顶层上的挪威最大的公寓中央了。是四个、五个还是六个公寓加在一块，形成了这套相当宽敞的公寓？这样就好让特吕格弗·赖伊有足够的地方安放他所有的勋章、他的制服和他那臃肿庞大的肚腹。隔墙统统被拆除，门框也移了位，窗户都拼在了一起。墙上挂着一副巨大的油画。特吕格弗·赖伊站在那里，用一只脚踏在阿道夫·希特勒的脑袋上。希特勒哭哭啼啼地躺在那儿，脸冲着柏油地面。特吕格弗·赖伊挥动一只手臂，朝着画外微笑。他的身后是一轮红日，正在塔楼稍偏左的地方冉冉升起。不过或许是这样一幅画：特吕格弗·赖伊正从奥拉夫国王手里接过这塔楼的最高一层的、这华丽和无与伦比的大公寓的钥匙。这里还可以看到在场的另一个人，曼内说。那就是曼内的父亲。他乱蓬蓬的头发，一本正经的笑容，还有肩上挂着的用油擦得锃亮的机关枪。要不就是特吕格弗·赖伊站在地球一端的顶部，全世界的人民手持火炬大踏步地在他跟前走过去。他们对着特吕格弗·赖伊微笑欢呼。这都是些色彩绚丽的巨幅油画。

曼内真幸运，他和特吕格弗·赖伊住在同一栋房子里。他可以常常和曼内谈到所有那些稀奇古怪的事情。曼内真幸运，他有一个认识特吕格弗·赖伊的父亲。一个可以在大街中央停下来，伸出他宽大的手臂，让曼内一下子扑过去投入他怀中的父亲。

维格沃特坐在那里已经有一会儿了，他记录下车辆的号码。他从来没有想到过为什么他们要干这件事，为什么他和曼内要坐在那个阶梯上，一个钟头接一个钟头的，记下来来往往的、一辆接一辆的汽车的车牌号码。因此当一个路过的大男孩对他说他和曼内记下这些汽车号码的事，事实上还是蛮有意义的那时候，他

131

仍大惑不解。维格沃特不知道这是件好事，也不知道这是件傻事。他只知道，这是他和他的那些伙伴们有时候干的一些事儿，一些他们有时候需要并且非得干的一些事儿。那个大男孩告诉他们，有两个同维格沃特和曼内年龄相仿的男孩子，怎样把一个小女孩从被他称为比死更糟糕的厄运中解救出来的事。小女孩坐上了一个陌生人的汽车，虽然她很清楚她是不应当这么做的。所有的人都很明白这一点。有三件事孩子们得留神：第一是吃了东西之后不能去游泳——要至少等一小时后才能这么做，为的是避免腿部抽筋痉挛；第二是不能玩塑料袋；第三是不要接受陌生人的礼物。其中最危险的自然是玩塑料袋。难道不是所有的孩子都那样，仿佛都有来自内心的一个声音在命令他们：去把塑料袋套到头上、去勒紧它，让人喘不过气一命呜呼？这个小女孩肯定没有刚吃过东西就去游泳，她至少也没去玩什么塑料袋。可她在收下了陌生人给她的好吃的东西之后，就跟着他走了。女孩失踪了，没有留下任何蛛丝马迹。站在那里的她的双亲非常难过，他们恳求警方能做点什么。办案的警官满含歉意地摊开双手，说他们无能为力，因为此案毫无线索。整个事情就是这样。维格沃特永远也想不明白，两个男孩子同警察的案子怎么会挂上钩呢？但的确就是在男孩子们这本记着密密麻麻的车牌号的小本子的帮助下，才使警方有可能查到这个男人和他的汽车，并且在这个男人还没来得及对小女孩干下什么之前抓住他。当时坐在出事地点记录下来往汽车车牌号的，正好是这两个男孩。维格沃特和曼内开始以新的眼光注视着眼前驶过的汽车，同时比以前更急切热心地记录下车辆的号码。只要想一想吧：这可能会帮助警察破案！只要想一想吧：在父母们绝望伤心、在警方一筹莫展的时候，他们竟有可能一显身手！再另外想想，如果这是自己失踪了，是维格沃特或是曼内失踪了。站在那儿痛哭失声的，会是他们自己的父母。那时候你的父亲会放声大哭吗，曼内？你不相信吗，你父亲的哭声会盖过世界上所有的声音。他一头乱蓬蓬的头发，站在那里，动作很大地抽抽噎噎，极为悲伤。因为他的孩子，他的曼内失踪了！你难道不是这样想的吗，曼内？

那个大男孩走开了。曼内又告诉他另一个故事。一次，有几个女孩在上面的水坝和生气农夫农场之间的那地方发现了一具女尸。她躺在那儿，被一些梧桐树叶和树枝覆盖。女孩子们跑回家去，讲出了她们所看见的一切，警察赶到了现场。人人都知道，是生气农夫用糖果点心好吃的东西哄骗了她。但他没有被抓捕，因为那女的只是喝得烂醉如泥，这完全不是那种危险的凶杀案什么的。或许这些醉酒人倒真情愿了结自己的性命呢。维格沃特说，他也曾听说过有几个男孩子发现了一个死去的男人。这个男人是在出外去散步时，一下子滑倒在地上，让自己的脑袋撞上了石头而死的。然后他和曼内就这个故事进行一番争执，直到曼内发现了一个空的 SOLO 饮料瓶。他们把小便尿在瓶里，然后提着它在整个楼房区之间游来逛去地想碰到一个人，他们可以骗他喝下瓶里的"饮料"。可正好在这个下午没人到外面来，全都待在室内。

于是曼内要回家了，他朝特吕格弗·赖伊住的那栋房子的方向走去。维格沃特假装自己也回家。当他看见曼内在一个拐角处消失后，他便穿过十字路口，朝幼儿园和那里的秋千走去。

他很晚的时候才回家，他说西门的妈妈留他晚餐，他忘了给家里打电话。很晚回家是有危险的，什么事情都可能发生的。但也可能突然间什么危险也没有，就像今天晚上。维格沃特躺在床上。母亲坐在那张细木腿的椅子上读《小红帽》。

"然后小红帽就找来一些石头，把它们填放进狼的肚腹里。当狼醒过来时，它想蹦跳起来。但石头很沉重，一下坠穿了它的肚肠。狼就这么丧了命。"母亲念着。

当她读完之后，望着维格沃特，笑了。

"我想，今晚上我又让这狼死了一次！"

"母亲？"

"怎么啦，维格沃特？"

"你害怕生气农夫吗？"

"生气农夫？"

"就是住在农场里的那个。"

"你们是这么称呼他的？"

"你不是这样的？"

"在这个世界上，再也找不到一个比我更容易生气、发怒的农夫了。这点你是知道的，维格沃特。"

母亲笑了，维格沃特也不能不笑。虽然母亲这话一点不假。

"你知道他杀死了一个女人吗？"

"谁？"

"他……生气农夫……或者，或许是伯爵吧。他应当去坐牢。"

"伯爵？"

"是呀……他……就是那个农夫。"

母亲不再笑了，可她也没生气。这点维格沃特看得出来。她向他俯下身去。

"我知道，关于这个农场主朗厄，流传着各种各样的故事。"她说。

"但他是个好人，只是他不能轻松地看待生活。你明白我的意思吗，维格沃特？"

母亲知道其他人不知道的一些事。有时候母亲知道所有的事情，就像今天晚上。所以维格沃特不愿意待在任何其他的地方，只愿意待在这里，跟母亲在一起。另外在他闭眼入睡之前，还这么想着，能坐在街的拐角处阿尔内森家的商店外面也蛮不错的。在下午低斜的太阳光下，和曼内一起记录下来往汽车的车牌号码，和他说说有关特吕格弗·赖伊和他父亲的事儿。

22

在拐角处的那家商店自然不复存在了。但在那里曾经有过一个阿尔内森食品杂货店。这间店由阿尔内森先生、阿尔内森太太和他们的老大、老二、老三、老四、老五这五个阿尔内森儿子一同经营。儿子们都长得跟一个模子里刻出来似的。虽然曼内说，像这样的五胞胎哪里也找不到。所有年长一点的女孩全都爱慕阿尔内森的男孩子。披头士是四个长相差不多的青年人，所有大一些的女孩子也都爱慕他们。一次，维格沃特听大男孩群中的一个男孩喊出了一段自己胡编的但字词押韵的顺口溜。他把它们都一一记住了。当他一年到头翻来覆去唱那支有关青年水手扬松的瑞典歌不来劲儿的时候，他就会张嘴喊出这段顺口溜："我们要滚石，不要披头士，耶，耶！我们要滚石，不要披头士，耶，耶！"[1]

1　原文为英文：We want Rolling Stones, Beatles go home, yeah, yeah!

这念上去很上口，在没有人瞧见的时候还可以合着节拍上下跳动着拍巴掌。维格沃特每次可以在水塘边自己的固定地方站上一小时，重复这段调调："我们要滚石，不要披头士，耶，耶！我们要滚石，不要披头士，耶，耶！"但他没有拍巴掌，也没有上下跳跃。

曼内会说到一些令人震惊的故事，比如滚石乐队的那些成员们如何朝房屋的墙上撒尿，如何掀翻残疾小孩坐着的轮椅。阿尔内森家的男孩子就不往墙上撒尿。他们对待那些小男孩非常友善，不管他们是坐没坐在轮椅里。每天一大清早，整个阿尔内森一大家人就齐刷刷地坐在自家宽敞的大众巴士里开了出来。整个阿尔内森一大家人都各自穿着洁白耀眼的商店工作制服，站在各自的工作岗位上。一个在水果柜台，一个在肉食品柜台，一个在奶酪品柜台，一个进进出出、在需要时往咖啡壶里灌水，一个在库房里，打开一箱箱的香蕉和花生酱。阿尔内森先生本人坐在库房最里边的一个小隔间里。他先把铅笔尖放在舌头上添添湿，然后在一本白色的、方方正正的厚簿子上写下些什么。阿尔内森太太坐在收款台跟前，她对待顾客极为和善而又不失原则。在阿尔内森家的一个男孩子把维格沃特母亲的那张购物单上所有的东西都找齐了之后，维格沃特便立在收款台的一旁。阿尔内森太太会揉揉他的头发，和他拉上几句话。若这是礼拜六，母亲会为礼拜天的晚餐上添上一瓶啤酒。阿尔内森太太便会笑着说：

"明天一大清早就灌它一大瓶，你受得了吗，维格沃特？"

阿尔内森先生的猝死让这一切全变了。商店停止营业了好几天。当商店再开门时，一位年轻美貌的女子站在从前一贯是阿尔内森太太站在那儿的收款台跟前。有流言迅速地传播开去，说现在双手正在现金收款机上动作着的这姑娘，是威廉·阿尔内森——这位让所有成年女子最心仪的小伙子的女朋友。很快地，商店就被那些自认为可以与她争奇斗艳做一番较量的竞争者们挤得满当当的了。她们努力绷紧挺立起自己的小乳房，对收款台后面这个新来的女子投去充满蔑视的目光。但眼下的事实是，住在这一地区的人们，就从未见识过有如威廉·阿尔内森的女友这般温柔俏丽、体态丰盈的妙人儿！女孩子们很快就被那群故作镇静却又不断干咳或清着嗓子的大男孩子们推拥到了一旁。他们只仅仅为买一把新梳子，在收款台跟前挨着蹭着好长一个时辰。威廉·阿尔内森的女朋友以同样的温和与美丽，接待所有的顾客。她的魅力所有人都难以抗拒。因此渐渐地，也能看到各门户当家的男人手提着网袋或是带轱辘的购物袋，沿着他们的老婆迄今为止得独自一人拖拽着购物袋回家的同一条道路，上阿尔内森家的商店来买东西了。不久，大家也知道了威廉·阿尔内森的这位女朋友的芳名。她叫西芙。西芙已戴上了与威廉的订婚戒指，但还不知道什么时候举行婚礼。现在男人们都急急忙忙从办公室赶回家去，弄明白家里需要购买什么东西。或是自己去亲自搜寻一番，或是拿着一张屋里的女主人早已写下的购物单子。然后他们就沿着绿草坪，一路小跑着到那家有这个新来的女人坐在里面的拐角处的商店去了。阿尔内森家的商店外面，总是排有一长队性急的男人，直到店子关门的时间。不过，这一切不可能维持长久。在阿尔内森先生闭上眼后不过几个月的时间，当一些主妇仔细瞅着装在网兜或是带小轱辘的购物袋内的东西时，她们开始皱起了眉头。熟干香肠片有点不对劲儿吧，怎么有点灰蒙蒙的颜色？你说说，那儿的苹果个个上面都有这些暗褐色的斑斑点点？男人把帽子推到后脑勺上。"少胡说八道！"他们使劲在喉咙里咳了一声，"苹果都是头等的，香肠也是！"

可是当阿尔内森家的儿子们从商店后面走出来，坐进他们的那辆大众巴士那会儿，让一个女人看了个清。他们那曾经白得耀眼的售货员工作服，现在让香肠给弄得看上去就像刚刚从腊肠作坊里拎出来的一样。昨天，一个女人正想好好品尝一点新买回的半公斤哈康国王牌巧克力，结果巧克力完全变色变质。现在她的嘴里还粘乎着那种不新鲜巧克力的让人恶心的怪味儿呢。当这个曾经不仅是合乎质量标准的商店、同时也是为本地区添加光彩的一道装饰，变为了一个不干不净的混浊之处，这实在是出了轨。大大地出了轨。她们首先想到的就是阿尔内森太太。她不仅失去了许多年来相厮相守一处的忠实的好丈夫，同时还得看着自己毕生的事业前景岌岌可危。

维格沃特想念阿尔内森太太，虽然这西芙待他也是极好的。西芙对所有的人一视同仁，这是不应该的。在商店里，应当温和与严厉二者具备，处置恰当。正如阿尔内森太太所做的那样。另外维格沃特认为，阿尔内森太太对他熟悉了解。比如说，她会递给他一个装有一块小蛋糕的纸袋，这就是因为她那会儿明白，他独自一个人游来荡去地闲逛着，瞅瞅别人买的东西。兴许她想：他需要一点点吃的东西或是几句鼓励的话。阿尔内森太太就是这样的一个人。而威廉·阿尔内森的未婚妻、漂亮的西芙却不是这样。

西芙在阿尔内森家当收款员的美丽童话也为时不长。女人们不再让自己的男人去那儿买东西了。在一段时间里，当每次商店的玻璃门被推开发出令人愉快的门铃声响时，进来的都是些孩子。他们会用半克朗买五俄勒[1]一枚的加了盐的甘草胶糖，在收款台西芙旁边放着的一个极漂亮的装满了糖果的玻璃罐里买一百克的木莓水果糖。他们会买一袋水果饮料，冻果汁，一种名叫托夫的新牌子巧克力，一盒克普饼干，三块甜薄荷糖，一块棒球糖，一包果汁粉。他们把这果汁粉倒进一只脏兮兮的手里，往这堆粉里吐些唾沫，再用手指拌一拌，让它变成了带泡沫的浓稠的果汁羹。最后再用舌头一点点地舔进嘴里[2]。他们会买一根甘草条糖，十俄勒一块的大牛奶焦糖。有时候是二十五俄勒一块带胡椒味的焦糖，这糖相当大，大得几乎在嘴里放不下。在甜筒冰淇淋的最上端，有个可以弯曲的小画片，一弯折画片里的人像会动。有传言说，

1　一克郎合一百俄勒。俄勒这最小的硬币单位现已不再使用。

2　这是当时在孩子们中流行的吃法。

可以看到会动的特吕格弗·赖伊。可直到现在跟他稍微相似的照片，却是那个秃头的、疯子般的矮个子赫鲁晓夫。他曾在联合国的会议上，用他的一只鞋狠命地敲打讲台的桌面。现在轮到孩子们来买东西了。他们买最小瓶的 SOLO，这种饮料在瓶底沉淀着一些锈红色的塑料微粒，好让人相信这是些水果渣。末了，再买上一袋果汁粉。西芙，这娇美俏丽的西芙耐心地将孩子们要的东西一一找齐。而她的身后，在商店的最最里面，维格沃特和其他的孩子们可以看到那五个穿着灰污的白制服的、越来越笨重的阿尔内森。他们抵靠着各自的水果柜台、肉食品柜台、奶酪品柜台和咖啡研磨机的边上。

一天，维格沃特看见女人们都匆匆忙忙赶到拐角处的那家商店去，又拎着大包小包的东西出来。商店的橱窗上写着：清仓减卖。维格沃特朝店内望了一眼，西芙已无踪影。坐在她位置上的是一个满脸皱纹、肥大臃肿得跟一段粗腊肠似的老太婆。维格沃特朝柜台走过去。他认出了这是阿尔内森太太。她脸上冒着汗，双手颤巍巍的，在这不长的一段时间之后，她又回到了她以前总站着的那个位置。

"你好，阿尔内森太太。"维格沃特说。

可是她望着他的样子，就像以前从未见过他，并且也不认识他。

"是我，维格沃特。"他又说。

她的眼睛是两个小小的空洞洞的窟窿，在那里面没有阿尔内森先生，也没有维格沃特。或许这也不奇怪，从某方面来说，维格沃特自己也不认识她了。他不能触及她的目光，所以也可以说，他也从来没有见过她。

23

可乐人走上了阶梯。他已把车停在了街道的下面，自己往楼梯上走去，一直上到第三层。他朝一扇门走过去。他揿了一下门铃，然后等着门自动开启的单调的嗡嗡声。他推开门，走进了一个摆放着家具的房间。屋内沿墙放着一溜棕色的细木腿的椅子，一张小茶几上随便扔着一些当天的报纸。他一边往椅子上坐下的同时，一边抓起一张报纸。他跷着二郎腿，漫不经心地翻着报，然后他望望墙上的钟。他站起身来朝窗户走过去。他可以望见下面的那辆汽车，那辆蓝色的客货两用旅行车。车的货厢里堆满了空可乐瓶子。每个空瓶子有自己的故事，每个空瓶子都是一个纪念物。从上面望下去，他能看到他车子停的有点歪斜，不至于阻碍其他车，但仍有点挡道。他转过身，再看了一下墙上的钟。他背冲窗户站在那里，脚趾头不断地往上翘起又放下，轻轻地敲打着地面。他显得紧张不安，心烦意乱。我很理解他胸中的这种烦乱。突然门开了，一个女人对他说了些什么。她是位心理学医生，戴着一副眼镜。她转过身去，他跟在她后面朝过道走去，进入一道新的门，一个新的房间。这是个不大的长方形的房间。但仍有地方放得下一张写字台，一把办公椅，两张扶手椅各放在一张沙龙桌的两端。地上放有一块宽大的鲜红颜色的床垫。女人在其中的一张扶手椅上坐下，这时候可乐人正把他的外套挂在进门处的衣帽钩上。他也坐了下来，坐在桌子另一端的那把椅子上。桌上放有一小束鲜花和两盒纸巾。他望着那个女人。她冲他笑了笑，可他没有回报她一个笑容。

　　"最近以来怎么样，你好吗？"

　　"好。"

　　"是吗？"

　　"是的，好。"

　　"是什么好呢？"

　　"不……我不知道，就是好。"

　　"你不知道什么是好吗？"

　　"知道的……就是一般说来还不错，是这样吧？"

　　"要不就是？"

　　"要不就是什么？"

　　"或许，不太好吧？"

　　"我不知道。"

"你不知道什么是过得好吗？"

"不，或许不知道。"

"过得不太好吧？"

"什么？"

"或许你过得不太好？"

"那又怎么样？"

"自上次以来？看得出，你上次来就感到不怎么舒畅。"

"我感到不舒畅了吗？"

"你有没有和别人在一起？"

"什么意思？！"

"为什么你这么生气？"

"我没生气。"

"我只是想问问你，是不是和谁在一起？"

"我知道你指的是什么！"

"我指的是什么？"

"我不喜欢你提这种问题！"

"什么问题？"

"这个问题。"

"这个问题？"

"要是我有……"

"好了，我不再问这个了。"

"我没有。"

"你没有什么？"

　　"没有和什么人在一起。"

　　他们两人就一直这样一问一答地进行着对话，到最后可乐人给了那个女人几张一百克朗的钞票。然后他穿上外衣，独自一个人回到走道里，再穿过走道走进候诊室。他走下楼梯，来到外面的阳光下。斜穿过马路，他朝着汽车走去。他回转过身来，瞅了瞅他刚刚离开的那栋建筑物。他试着想弄明白，刚才他是站在哪个窗户旁边往下看自己的车的。映入他眼帘的大楼，现在只是上百扇发出闪光的让人没法看透的玻璃窗户，仿佛他压根儿就没到里面去过，仿佛根本就不可能进入这栋大楼。他把手放在车身上，把手平放在车盖的钢板上感受着车。他感觉出了车的存在，也感觉出了自己的存在。他坐进车内，把车倒出去，慢慢地开着车走了。这是很久以前发生的事了，很久以前他曾经和某个人在一起。

24

　　你不崇尚其他的神明，只崇尚我。我是这尊小小的象神。在你所有的那些漫长、单调的日子里，在你孤独的舞步中，在你的高声呼喊和沉莽的呓语里，你将对我充满敬畏之情。当我坐在客厅里的椅子上／当我从客厅的椅子上站起身来／当我在客厅的地板上走过／当我来到了门厅里／当我打开门走了出去／当我站在外面的庭院里／当我走过庭院／当我把沉重的门闩推到一边／当我推开这不停地发出吱嘎声的大门／当我的阴影投在了你的身上／当你望着我，这尊小象神，这一丁点儿小的小象神，当我抓起一根又长又尖的长棍子时，于是你就对我满心的恐惧，害怕到了极点／当我朝粮仓中的你走过去／当你试着停下舞步，试着停下你的这徒劳的尝试／当我举起棍子／当我让棍子落下，让它刺向你的头时，于是你就跪下双膝，向我跪下双膝。因为你不崇尚其他的神明，只崇尚我。因为我是你的唯一，我是这尊小小的象神，我就是这只小象。当我把棍子朝你的后腿之间刺下去，刺进去又拔出来。带着锁链的你往前猛一扑，然后你竭尽全力喷出一口气来。但你仍站在原地不动，匍匐在这由低沉暗重的天宇所造就出来的一个小小的神明跟前，匍匐在一个小小的惩罚之神跟前。

25

在维格沃特住的这套公寓的楼下住着赫斯特一家。当家的男人叫哈尔沃·赫斯特。他的手颤巍巍的,人不错。他住在这里的时间不长,所以似乎他们也不属于这里。他从罗阿区的那栋高大宽敞的独立木屋搬到这里时他的妻子正病着,我真替他遗憾。她叫赫斯特太太,现在已经去世了。一天,维格沃特从学校回到家里。他病了躺在床上。这时门铃响了。维格沃特趿拉着鞋来到走道那儿开了门。门外站着哈尔沃·赫斯特和另外一个人。他说这是修理下水管道的工人。赫斯特问他妈妈是否在家。

"母亲不在家,"维格沃特说。"我病了,"他又这么添了一句。

哈尔沃·赫斯特透过厚厚的镜片盯着维格沃特看。维格沃特从未见到过有这么厚的眼镜片。

"是逃学吧?"

"什么?不,不,我病了!"

一眼就看得出，这时维格沃特的脸刷地一下红了。但他还是使劲儿地摇着脑袋。他把赫斯特他们让进了屋里。维格沃特注意到，哈尔沃·赫斯特对自己的事并不在意。

　　"你们的卫生间有消音器吗？"

　　"什么？"

　　"消音器。"

　　维格沃特的表情一定是一副摸不着头脑的样子。他也确实对此一无所知。哈尔沃·赫斯特很清楚这点，所以他朝他跟前跨出一步。

　　"或许我们可以进去？我们只想检查一下。"

　　没等到回答，他和那个管道工就走进门厅，打开了通往卫生间的门。

　　"你想上厕所吗？"

　　维格沃特想弄弄明白，可哈尔沃·赫斯特根本不理他的茬儿。他和那个管道工人走到了抽水马桶的跟前，把抽水的那个脚踏板一脚踩下去。这个锃亮的脚踏板真妙，它有许多可玩的把戏。踩下它时就跟开动了摩托车一样，像启动了什么机器，也像踩下了汽车的油门，或者像引爆一枚炸弹。不过眼下哈尔沃和那位下水管道工人要干的跟这些一点不沾边。他们站在那里静静地听抽水的流动声。维格沃特穿着睡衣，赤脚站在门厅那里盯着他们看。先是管道工人踩脚踏板，待抽水箱的水流完后，哈尔沃·赫斯特又将踏板踩下。他们两人都神情专注聚精会神的，然后他们摇了摇头。先是管道工摇头，然后是哈尔沃·赫斯特跟着摇头。之后二人便相跟着走了。

当维格沃特把这件事告诉母亲时，真高兴不是他而是哈尔沃跑到厕所里去踩抽水马桶的脚踏板的。或者还可以这么说，假若当赫斯特在他们家的那会儿正被母亲瞅见了，维格沃特真高兴他不是这个赫斯特。听了这事的母亲一下愣住了，满脸涨得通红。接着她把厨房里所有的器具，加上杯盘碗碟，摔摔打打地敲捣得通天响。然后就是她尖锐刺耳的声音。而这发出的声音是所有这些噪音当中最最可怕的。

"他不能这样随随便便、长驱直入走进这个家里来。你自己也明白这点的！"

父亲用沮丧平板的声音说：

"他太太就快咽气了。"

"那她到底还要挨多久哇？我的上帝，我们大家都快要咽气了！"

"你得想想，维格沃特可能会听到你这话的。"

"他睡了。你不也是这么肝火旺吗？"

"我是的，我……"

"扯淡！真要这样，那你早该一溜烟地跑到下面去把他教训一顿了。"

"你可以去教训呀。"

"你说什么？"

“没说什么。”

“有时候你可真是个可怜虫！”

　　她就要死了，维格沃特想。她的身体将碎裂成片，赫斯特太太的身体要碎裂成片。要不了多久，赫斯特太太就会碎裂成一丝丝一缕缕的，我却还从来没有见过她。母亲说，我们都是快死的人了。我的身体碎裂成片，母亲的身体碎裂成片，父亲的身体碎裂成片。不过眼下碎裂为更小更细碎片的是赫斯特太太。每一次当我上厕所，每当我如同发动摩托车一般，或如同踩在一辆很大很大的汽车的油门上那样踩在抽水马桶的脚踏板上时，就有暗褐色的水流出来。稀里哗啦流下的水，在赫斯特太太那已散失为丝丝缕缕的身体周围流淌。哈尔沃·赫斯特先生坐在床边，神情沮丧灰心，身体一前一后地摇晃着。向前向后，向前向后，向前向后。有时候赫斯特先生他真是可怜。

26

面包工厂背后扔废物的大箱子里装满了面包。每一天都是满满当当的面包。我不明白这是为什么，这都是些刚烤出的面包呀。不过这对我和大象巴蒂尔却是再好不过了。事实上这也是迄今为止还保留着的以往许多旧事当中的一桩。现在已没人去修剪楼房住宅区间的草坪。没人给花园里的木条凳涂油漆。没人去把供儿童游戏的沙地里的杂物废纸拣干净。没人把石板小径间的杂草剔除。没人给晾衣架漆上墨绿色的除锈漆。没人来扫尽落叶铲除积雪，也没人把商店那儿的车库顶上的砾石用水冲洗干净。那两套供房屋看守人住的公寓很久以前就给卖掉了。那栋白色的塔楼现在几乎完全变成了灰色，住在楼房住宅区里的居民，谁也不再留意去瞅它一眼。他们也懒得去擦一擦自己住房玻璃窗上的尘埃。所以这些房子再不会像许多年前当我跑到伯爵那儿去时看见的那样，在春天柔柔的阳光下闪闪发光。他们懒得在阳台的花坛中养花种草或换洗窗帘，他们甚至懒得去撩一撩窗帘。他们挂着厚重暗沉的窗帘，将外面的光线隔绝开来。窗外可能有一个漫游者，一个小男孩或是小女孩，另一个斯特芬森，另一个维格沃特。他在走着，寻觅一个可以让他待着的地方。可他没有发现什么地方，没有什么事再能吸引他，没有什么事再令他追想与怀念。为了到面包工厂后面的那些扔杂物的垃圾箱那儿去，我走进了楼房住宅区。我可以推着独轮小推车，斜穿过那块小小的依然还在的土地，沿着最外面的那栋楼房，然后往左一拐朝那家工厂走去。三十年前西门和我在那里发现了工厂扔掉的面包。有时候是新烤出来的面包，有时候是白面包。我记得我问过父亲，为什么他们要倒掉那些面包。

"我们不抛弃粮食的，维格沃特。"

"我们抛弃了。"

"你说的什么意思？"

"不是我们，是面包工厂。"

"你说的什么话呀，孩子？！"

然后我告诉了父亲每天晚上被面包塞得满满当当的那个垃圾箱。

"别胡说了，"他说，他皱起眉头，"要是真这样，我早就知道了。"

我们不是每个礼拜六都有白面包的，那抹上了黄油的白面包和熟的干腊肠。许多美梦中的一个就是有足够的钱，到阿尔内森的店里去买一块白面包。一块属于自己的、可以用手指慢慢掰着吃的白面包。一块可以用指头轻松戳穿放进嘴里的柔软的白面包。完整的一块。西门和我在那个大垃圾箱里也发现过白面包。但多数是几天以后不新鲜的面包了，相当干硬。不过这总是面包呀，而且是不花钱的。所有不用花钱的东西都让人格外开心。对吃不了的面包，我们可以用它作为鱼饵。在伯爵的农场下方那儿再往上走有个水塘，我们可以上那儿去钓斜齿鳊鱼。我们叫上了曼内一块儿去，因为他家的地窖里堆满了长长的绿玻璃空酒瓶。他爸说了，等他回来时要把它们统统扔掉。一些酒瓶的瓶底上有一块向内凹进去的地方，像只倒扣着的小碗。只要在上面打个洞，把小面包团放进瓶里，再塞上那一头的瓶盖。事实上这就成了一个捕鱼器。鱼儿顺瓶底的洞口游进来，沿着酒瓶内壁游来游去，可它再也无法游出洞口去了。我就这样捕捉了三条斜齿鳊鱼回家。盛鱼的水闻上去有股阴沟里的浊气味。我的湿漉漉的鞋上有这味儿，甚至已经给换了自来水管里的清水的鱼儿本身也带着这味儿。这股气味让母亲从客厅的沙发上站起身来。她气急败坏地走到我跟前，要我说清楚这是怎么一回事。不知是什么缘故，她没说我必须得把鱼在厕所里倒掉，但她禁止我把鱼放进房间里。我把盛鱼的缸子放在阳台上。第二天早上斜齿鳊鱼全都肚腹朝天地漂在水面上。父亲说，它们只能在伯爵的那个鱼塘的污水里才能成活。这些话在我昨晚回家时他就应该说的。另外我在怀疑，是他或是母亲在夜里给鱼下了毒，为的是不愿再看见它们。

　　我带上黑色的塑料垃圾袋，用面包工厂后面的大垃圾箱里的面包把它塞得满满的。我尽量找含多种麦粒的粗面包，大象巴蒂尔不吃白面包。每次我只能运走三袋，不是因为分量沉重，而是因为这些面包鼓鼓囊囊的不成形状。每天晚上我来来往往走三趟。在大多数的时候，那会儿户外已行人寥落，也没有在路上晃晃悠悠的游荡者。有时候，会有一个孩子极好奇地望着我和手推车。一次，我就放下手中的推车，想解释一下这些垃圾袋里都装的是些什么，可这孩子猛地一转身跑开了。我觉得这像是个男孩。我想到了所有那些关于霍夫伯爵和生气农夫的故事，想着这些故事中哪些是确有其事，而哪些仅仅是人们的传闻。现在我想到的或许是些听来的故事。但我仍无法想象究竟是怎么一回事，这是关于谁的故事，以及这些故事是令人惊骇恐惧，还是仅仅为着娱乐。
　　一天我给一家动物用品商店打电话。我想调查一下，与一头完全孤居独养的大象相处一处，会有多大的危险。听完我的话后，对方把电话放下了。可能我打电话的时间不太合适。在一家减价商店里，我问坐在收款台后的一个女孩子，他们对卖不掉的蔬菜如何处理。她只耸了耸肩，把含在嘴里的一块橡皮糖吹出了一个大气泡。"啪"的一声，气泡破了，粘贴在她的嘴唇上。我不情愿地又问她一声，能否见见商店的经理。于是她又再次耸耸肩。
　　我站在那儿，把含有多种麦粒烤制的粗面包往那只塑料垃圾袋里塞。偶尔也有一个精白面包。于是那时我便想到了西门、曼内，还有其他那些伙伴。他们是否曾经回到过从前的住宅楼房区来。他们是否曾经回到过面包工厂来，来看看那儿是不是每天晚上仍然还有大量的面包被扔掉。这是至今多少年来唯一没有变化的事。西门肯定变样了，还有曼内也一样。我自己就变了。从前我会说会思考，那已是多年前的事了。现在我几乎没法开口讲话了。我可以同大象巴蒂尔说说话，也同我父亲说一点，要是我先打电话过去的话。但我会思考，我想到了西门。那年我十一岁，我走在去西门家的路上。

在开始的时候我让孩子们看看农场。他们小心翼翼地走在土地上。我可以从厨房的窗户那儿望见他们。为了感到更安全些，一些孩子们互相手拉着手。现在我是那个霍夫伯爵，我是那个生气农夫了。然后他们站在场院里等着。他们不来敲门，也不大呼小叫的。他们只是站在那儿，静静地，手拉着手。这些污黑的、小小的手指头儿互相交叉在一起，直到我走出来。我把他们一个一个地带进粮仓，为的是不要惊吓了大象。进去后他们站在进口处，得待好一会儿后，才能让眼睛适应屋内的黑暗。握着他们的手，我可以感觉出这小小的身体里在怎样地阵阵抽搐，能够听到他们小小的心儿在怎样地怦怦乱跳。他们站在那儿，眼睛睁得大大的，看我把面包搅拌成食。一个戴着一顶橘红色帽子的男孩问我：

"它吃面包吗？"

"就像你看见的那样。"

"它不吃人吗？"

"不吃人。"

"我想它会的，它会吃人。它就只吃面包？"

"我只有面包。"

然后我牵着这个男孩的手，把他领到巴蒂尔那儿去。他小心翼翼地拍拍象粗糙的皮肤。它若是将尾巴使劲一甩，便会惊得男孩一跳。男孩直视着它那极大极大的眼睛。较之象的身躯来说，这眼睛便是顶小的了。然后我把男孩带到外面，和其他在阳光下的孩子们在一起。我领着另一个男孩进去。他有一头浅色的卷发。这次我们在里面待了很久。我想让他看看，我怎样用长柄的扫帚和水在大象身上洗刷。当我最后干完活儿，我们一起来到外面，对着太阳眯缝起眼睛时，其他的孩子已经走了。等待是让人疲倦的。男孩子的嘴唇开始哆嗦，马上他就快哭出声来。我试着讲点快活高兴的事，可他望着我，后退着走了几米，然后转过身开始跑了起来。我站在原地，望着他的背影。这小小的男孩是害怕了。我真希望他别害怕。我又回到了粮仓里，回到了巴蒂尔身边。带着锁链的它抖抖索索的极不安宁。我试着发出那种低沉的咆哮声，巴蒂尔只是更加烦躁不宁。我站在黑暗当中，这时我也感到了害怕，我也后退着走开，跟那个小男孩一模一样。然后我转开身跑掉了。巴蒂尔站在原处，望着我的背影。它希望我别害怕。

第二天一早当我一走出门去，门外站着三个男人。他们一把揪住我，把我掼在门前的阶梯上。我跌倒在地，这并没有让他们停下来。不，他们一点儿也不想就此罢手。我感觉不到疼痛。他们向我俯下身来，吼叫着什么。很难明白他们喊叫的是什么，但我知道这是和孩子有关的事。他们害怕了。我说他们害怕了无所谓，虽然我是希望他们别害怕的，但这也一样无所谓。他们当中的一个人踢我的腹部，我感觉不到疼痛。我说，我自己也害怕过的，他们有权利害怕。他们吼叫的声音更高了，我得用手捂住我的耳朵。又有另一个人踢我的腹部，我感觉不到疼痛。我试着发出低沉的隆隆的吼声，也说不出为什么，我呼喊起父亲来。他们又说，我不应当碰孩子。我说，我只是拉着他们的手，他们污黑的小手。第三个人踢我的腹部，我感觉不到疼痛。下一次他们就要给警察打电话了。我相信他们是这么说的。我让喉咙发出低沉的轰鸣声，我真行啊。我躺在地上低低地哼着，等待着粮仓里的巴蒂尔给我一个呼应。我几乎没注意到那三个男人已经离去。我一动不动地躺在阶梯下面的地上，等待着巴蒂尔给我回应。

几天以后，我在粮仓的周围筑了一道围栏。我赤裸着上身把木桩子捶打进土里。我赤裸着上身站在冰凉的雨水中。然后把带刺蒺的铁丝一个木桩一个木桩地固定安装好，一道道地围在了粮仓的周围。客厅里有一把毁坏了的梯子。我把它锯为两段，用铰链把它们固定在一起。再把它搭架在围栏上方，这跟一把人字形梯子一样。要是我戴着手套，一上一下地越过围栏很方便。然后还可以再把梯子从围栏上举起来拿走。我走进粮仓，来到巴蒂尔跟前。它凝视着我，我也凝视着它。

"没人会踢你的腹部了。"巴蒂尔对我说。

"我感觉不到疼痛。"我说。

巴蒂尔合上了它那大大的，大大的眼睛，然后又睁开来。一颗很大的泪珠沿着它粗糙不平的脸颊滚落下来。

"你能感觉到疼痛的，"它说，"你呼喊了，可没人听你的。"

27

　　维格沃特一直没察觉到达姆从来不穿白衬衣，可现在他注意到了这点。

　　"达姆是共产党。"曼内说。

　　这真是个惊天动地的消息。伯恩特以前说过，排很长的队就为的是一块香皂，可那是在苏联。在报纸上维格沃特也看到过捷克斯洛伐克的照片，哭泣着的人们狠狠地捶打苏联人的坦克。但达姆住在挪威，他是挪威人呀。这个戴宽边眼镜的矮个子图画课教师，穿一件磨损得发亮的旧西装。他从不穿白衬衣。所有其他的人都穿白衬衣的，就连老穿着灰大衣到学校的那个菲斯肯，他的大衣下面也是一件白衬衣。可达姆就偏偏不穿。一次当维格沃特和母亲在去电车站的路上，他把这件事告诉了母亲。

　　"达姆是共产党，因为他从来不穿白衬衣。"

　　母亲一下子变得火冒三丈。但不是平常的样子，不是因为身

161

上的疼痛让她变得这样的。维格沃特看见母亲的脸涨得通红，同时感觉出她握着他的手握得很紧很重，让人发疼。

"谁说的？"

"曼内。"

"你可以到曼内那儿去，跟他说：人们想穿什么衣服就穿什么衣服，不必非得是什么人。明白这点吗，维格沃特？"

"明白。"

"达姆是个规矩人，一个很好的艺术家。就算他是个共产党，这一点也是改变不了的。"

"是的。"

"别什么都信，维格沃特。"

"我不会的。"

"你会的，你就信了。"

接着他们便都不再提这件事。但母亲还是紧紧地抓着维格沃特的手不松开，直到他们一直来到电车站。然后她向维格沃特弯下身去，但现在她的脸上带着笑。

"你不是也没穿白衬衣吗？"她说。

维格沃特喜欢母亲的幽默，但到现在为止，他仍只敢笑了笑。谁知道呢，她是说变就变的。另外他也穿白衬衣的，那是在圣诞节和生日的时候。他正想提提这一点时，看见前面电车道上方的电线开始起伏动荡，一点没错。紧接着，他便听到了电车在足球场旁边拐弯时发出的吱吱嘎嘎的呻吟声。他能听辨声音，他能听辨出所有的声音！

达姆不穿白衬衣，却有一双落满了头屑的白肩头。他头发稀疏，掉下的头屑可不少。达姆身上有股难闻的气味。达姆从来没有过一张笑脸。但当有人在达姆的课堂上说脏话时，比如正当他背朝着课堂，忙着用他的彩色粉笔画画那会儿，有人会迸出一句"混蛋"，这时候的达姆会猛地一个转身，举起一只手臂戳向空中，同时大喝一声："嘿！是谁在叫我？！"维格沃特认为这就是大家在达姆上课时都比较规矩的唯一原因。即使并没有任何人在乎他竭力想让我们明白的绘画透视法。兴许西门是个例外，他是班上画图最出色的一个。在大多数课程中西门都是名列前茅，而且毫不费劲。维格沃特真希望他自己也能像西门那样。他常常希望自己就是西门。

不过看上去，好像当达姆上课时，是直接对着他维格沃特在说话。好像达姆想告诉维格沃特些什么，好像他在试着设法与人交流接触。另外，当他盯住坐在课堂上倒数第二排课桌跟前的维格沃特时，达姆的目光里也蕴藏着某种含义。这个含义就是：他们俩属于同一类人。他们之间有着共同的、其他人所没有的某种东西。在他们俩之间，将来有一天会发生些什么事情。或许他们将会成为朋友？或许他们已经是朋友？一天达姆问我们，有谁愿意到他家去取放在门厅凳子上的一本书。这本书达姆现在非用不可，但他这天早上把它忘在家了，而他自己又没法脱开身去取它。所有的人都自告奋勇愿去跑这一趟，所有的人都渴望这个偷闲的机会。维格沃特的额上有一阵阵针刺样的感觉，他知道，达姆的目光会落在他的身上。这是唯一的可能性，不可能会是其他。

"维格沃特，你愿意去吗？"

维格沃特答不出声来，但他点了点头。达姆也点点头。维格沃特感觉出了达姆的目光是怎样地穿透了他，刺入了他的心底。他用颤抖的双腿走向讲台。这是一条漫长的路。他接过钥匙，听明白了对取书的叙述交代。维格沃特知道他决不能让达姆失望。他知道他会让达姆为他感到骄傲。他们是朋友，虽然他们自己几乎还未察觉到这一点。

达姆住在艺术家城，一个风格特殊的少数群体的居住区。他们穿磨损了的皮夹克，围巾随随便便往肩上一搭，任其随风飘扬。举止言行我行我素。维格沃特不敢断定，霍夫伯爵这一次是否也参与其中。但至少市政府买下了紧靠着伯爵住地的很大一片土地。在那儿修建了许多白色的连栋房屋，好让这些画家和雕塑家有一块安身之地。一片面积不大，但树木密集让人难以穿越的树林子，将艺术家城和居民住宅区隔了开来。有一条可以穿过树林的小径，但这一路上也是黑森森的难见天日。没有一个居民住宅区的孩子同艺术家城里的孩子玩过。他们只同自己区内的孩子在一起。他们上斯坦纳私立学校，在那里孩子们在上算术课时跳舞，不学读书和写字。当艺术家们极偶然地、怒气冲冲地穿过树林来到居民住宅区时，经常是喝得酩酊大醉的。他们口里高声喊着一些稀奇古怪的词语，衣衫上的油画颜料斑斑点点。还有他们那些美丽得让人难以置信的妻子们——她们也都是些艺术家，但她们沉静寡言头脑清醒。维格沃特从未走进过艺术家城里的任何一栋房子。他跟那里面的孩子唯一的接触是一个男孩，一个长着长长的金色卷发的男孩。他举起石头向维格沃特砸过去。那一次是他心情沮丧，走进了树林深处。现在他心情不沮丧，现在他要到达姆家、到这个共产党的家里去。

这真是件令人不可思议的事。老师会有一个家，有住的地方。他们结婚，还有自己的孩子。有一次，维格沃特和母亲一同去剧院看戏。在通往城里电车总站的路上，维格沃特看见了学校里的一位老师在一间酒吧里，他正准备要喝下一杯啤酒。维格沃特不禁停下脚步朝他呆望，母亲最后得一把拽着他往前挪步。想一想吧，当老师们在校外被学生看到的当儿，会是怎样的一种情景。达姆就这样被看了个仔细。他甚至还不仅仅是位老师。母亲就说过，他是个优秀的艺术家。达姆也有一位美如天仙的妻子吗？要是有了一位天仙般的妻子，就可以开始挥笔作画，或是在石头上砍戳雕刻了吗？

维格沃特把门在身后小心地关上，走进了达姆寓所的客厅。他小心翼翼地叫了一声"喂"，可无人回应。家里没有人。难怪达姆需要人帮他回来取这本书。装着书的那个大信封就在那儿，正如达姆告诉他的那样。只需要拿起这信封，然后飞跑回学校。

独自一个人在另一个人的家里，在白天这个原本不会有人在家的时间。寓所的大门关闭着而主人又不在家，也不会有人任意开门进入。维格沃特很清楚，他应该一把抓住那个信封就离开这里。但他也很清楚，不把这寓所里的上上下下看个究竟之前，他是不会离开这里的。他试探着往前走几步穿过门厅，站在客厅里。这所房子看上去仿佛多年来从未有人拜访过。更让人确信的是，这里的清晨也跟维格沃特的家里一样乱得一塌糊涂。不过这些家具、灯具、搁板及放在搁板上的装饰物，或许都蕴涵着某种秘密。它们最重要的时刻来到了。维格沃特感觉出它们在偷偷地打量他，在告诉他，这里是不属于他的！他心里明白，它们说得没错。

他或许曾经想象过，艺术家社区的房屋内的一切，一定跟普通人家的住房里不一样。他或许曾经对艺术家的家里有过更多的想法。就像母亲曾经在《房屋与家》的一篇文章里对这类人的居室所描写的那样："非传统的布局格调，标新立异的色调选择——一种外观上的杂乱无序。但传递给我们的更多是杂乱无序的威胁，而并非说，这里就是杂乱无序。"维格沃特能背诵出这句话来。不是因为他理解它，而是父亲学会了这句话，在他心情好时就重复念它。看上去好像当他重复念这句话时，心情就愈发好了。那时候母亲便会佯作恼怒。有这么一次，她举起一个枕头向父亲扔过去，父亲逃开了，跑到维格沃特这里来，想藏在他的衣橱里。这时候，维格沃特也敢放声一笑了。杂乱无序的威胁。维格沃特明白这点。不过在达姆家的客厅里，似乎看不到这种威胁。这里闻

166

到的是刚刚擦洗过屋子的洁净清爽的气味。客厅的茶几上没有摆设任何东西，沙发看上去好像从来没有人在上面坐过。窗户擦拭得是那样的透亮，似乎觉不出玻璃的存在，竟让维格沃特霎时间里产生了一种错觉，好像户外的花园就在室内。他好像看到了达姆的身影，他在清洗整理，整理清洗。同时他那美得令人发狂的娇妻正在窗户那儿，探出半个身子擦拭着玻璃窗。维格沃特沿着书架往前走。书架上所有的书都摆放得平齐，没有一本书向外凸或是向里凹。他继续往前走，走进了厨房。那里的不锈钢案桌锃亮鉴人闪闪发光。他打开冰箱，看到了达姆喜欢吃的酸鲱鱼和草莓果酱。他又打开一个个的柜子门，好像在寻找什么东西，但又不知道它到底是什么。对了，他是在寻找什么，他在寻找一个秘密。他可以从达姆的目光中看出来，他知道一些维格沃特所不知道的东西。维格沃特想知道这个秘密。

　　他又来到了门厅，走上通往二层楼的楼梯。窥视那一间间小小的卧室，再走进那光亮清洁的浴室。从浴室的窗户那儿望出去，可以看到下面远处的那片楼房住宅区。他从二楼走下来，又回到门厅和那个大信封那里。他闭上眼睛静静地站立在那里，然后再睁开眼睛。他发现什么了：墙上没有挂着画。门厅里没有画。客厅里没有画。厨房里没有画。通往二楼的楼梯两侧没有画。那些卧室和浴室里也没有画。没有油画，没有照片，没有任何张贴画。这实在是太奇怪了。即使达姆他本人不是画家，这也让人不可思议。这些墙全都是白晃晃，光秃秃，空荡荡的什么也没有。然后从门厅这儿他注意到了，还有一道门他没进去过。当他把手握住门把往下一按的这一刻，维格沃特察觉到了自己周身的血液在怎样地沸腾奔流。门是锁着的。他试着用达姆钥匙链上另外的钥匙去开锁。第三把钥匙刚好合适。他用手推开了门。他明白，他已经发现了达姆的这个秘密。然后他走进屋里。

红色沿着墙壁流淌下来，红色和黄色沿着墙壁流淌下来，红色、黄色和夜的颜色从对面那堵墙壁流淌下来。这黑的红、这黄的红从墙上飞溅下来，撞到了维格沃特的前额，以至他的身体失去了平衡，他得支撑住自己不倒下去。就在他稳住脚转过身的那地方，屋内的一些东西变得像有了生命一般。色彩如蛇一样地向他爬过来，他感觉出这房间在弯曲扭动缠绕住他。世界开始旋转起来，维格沃特需要坐下来。他直愣愣地盯着这各占了一堵墙的四幅油画，这四幅把每一堵墙都填得满满当当的巨大油画，看这些红的、黄的和夜的颜色互相渗透浸入。维格沃特此时产生了这样一种感觉，他觉得他可以用手抓住一把颜色。他可以感觉到，这黄的颜色是如何遮盖住他的手指、他的前额和鼻梁。然后在最里面的一幅画里，他看见了另外的什么东西。他身上的色彩此时便发出"嗖嗖"的轻微声响，回到了壁上的画中。他听见了一种又尖又细、撕裂人心肺的声音。为保护自己，他用手捂住了耳朵，直到最后他明白过来这是他自己，是他自己在大声地尖叫。

维格沃特大声尖叫，是因为他看见了画中的她的一只乳房已经被撕扯下来。一群身穿绿衣的黑影当中的一个，正在往她的两腿之间插进一根燃烧着的棍子。他发出一声嚎叫，是因为正在进行这一切的同时，她是被捆绑着的，躺在一种凳子上。鲜血从她的身上流下来，流进了一个镀金的大缸。一个手里握着一个巨大十字架的牧师，正躬着腰站在那里。牧师头上方的天空被撕扯了下来，绿色的钞票从天上掉下，落在他的头上。在过去一点的地方，还躺着另外一个肢体残缺的女人。她那被撕扯下来了的手臂，扔给了趴在凳子下面的一群疯狗。这些狗正舔食着从那大缸内溅出来的血滴。维格沃特的身后，一只硕大无比的蝗虫从一架直升机上掉下来，落在树木之间。树的下面奔跑着一个孩子，一个小男孩，一个身上着了火的小小男孩。他正对着维格沃特奔过来，身上蹿着火苗儿，他的目光因剧烈的疼痛失散。其余的孩子们被枪弹击中后脑勺，然后往前栽倒，掉落进他们的父母被强迫着挖下的土坑里。孩子们的尸体成堆。一台推土机将泥土，将这混杂有许多骷髅和头骨盖的黑红色的泥土，推掀进这敞开着的大坑里。所有的房屋都在燃烧。整个丛林都在燃烧。一个老人的腹部被炸开了花。身体上燃烧着的不止是小男孩一个人，有三个身上冒着火的女人，如活动着的火炬一般朝河边奔去。河里早已塞满了尸体，这些尸体还燃烧着，连河水都没能让这些火焰熄灭。河岸上站着一个上身赤裸的年轻男人，他头戴绿色钢盔，嘴角叼着一只雪茄。脖子上挂着一个用人耳做成的项链，他的一只手端着一把冲锋枪，另一只手提着一个刚砍下的头颅。在他身旁的沙地里，一个男人被埋入了土中，沙土一直掩齐到他的下颚。灼热的毒日已经把他的眼皮烤得焦裂。他的身后是他的兄弟们，吊在十字架上，耳朵统统都被割掉了。在飘动的一面美国国旗下。四个士兵正在扒掉一个年轻女子的衣衫。整个村庄燃烧着，你无法寻得一个藏身之地，目光所及之处只有死亡。

　　维格沃特又站在了门厅那里。他记不得自己是怎样从达姆的画室来到的外面，记不得他又是怎样从那些画里面挣脱开来。可现在他站在这里。摸摸这扇门，门已上了锁。维格沃特看看镜中的自己，他的脸色惨白，眼睛通红，一缕口涎从嘴角边流了下来。

　　"嘿！"他模仿着达姆的口气，对着镜子喝一声，"有人在叫我吗？"

　　当维格沃特拿着那个信封回到教室时，他觉得达姆用一种审视的目光在盯着他。他道歉说，他没有立刻找到那个信封。达姆的课还有一会儿才结束，维格沃特偷偷地打量着他。他心里琢磨着，什么时候这可怖骇人的一切会暴露出来，什么时候这可怖骇人的一切会开始从老师那儿泄漏出来，犹如渗出的汗珠和流下的鼻涕。可是达姆的表现却完全跟他平日一样。维格沃特把手举了起来。达姆皱起了眉头。

　　"怎么？"

　　"只是想……"

　　"什么？"

　　"母亲说你是个画家？"

"她这样说的？"

"一个艺术家？"

"我想她既然这么称呼，就算是吧。"

"我只是在想……"

"什么？"

"我们是否可以……你是否可以带来给我们看看……"

"给你们看什么？"

"一张……嗯……一张画？一张油画。"

"一张油画？"

"对，或者……？"

"你是想叫我带一张画到这里，到这个造船主办的学校来？"

"是的，我……"

"你是想让我丢了这个饭碗吧？"

"不，我……"

"别自作聪明了。"

于是便只剩下了难堪，这让人无地自容的难堪。不止是维格沃特本人，其他的人都注意到了这点。西门就察觉到了，至少维格沃特是这么想的。这就是为什么西门这时突然响亮地骂出了一句粗话。于是让达姆脚后跟着地，猛地一下转过身去。他举起了手指，"嘿，有人叫我吗？"

维格沃特心里想：对，有人在叫你。是我在叫，可你听不见。

不过或许达姆仍然听见了。因为那天下午的晚些时候，正当维格沃特跑出学校的当儿，突然有人一把抓住他的肩头，让他停住时往前打了一个趔趄。这是达姆。他看着维格沃特，目光冰冷。

"你到底想干什么？"

"没什么！"

维格沃特感觉到了达姆的手指头深深地掐进了他的肩头。

"你进了画室，是不是？"

"不，我……"

"那只是些秽物，"达姆突然这么说了一句，仍然是冰冷的目光，"那只是些毫无价值的垃圾。"

维格沃特感到自己的嘴唇开始发抖。他咽下一口唾沫，又咽下一口唾沫，试着与老师的目光相遇。

"我……我觉得这些画挺好的。"

这下达姆揍人了。他朝维格沃特扇过去一巴掌，同时用另一只手牢牢抓住他，好让维格沃特不至于跌倒在地。这一巴掌揍得不轻。维格沃特站在那里僵呆了，心里怕得要命。他试图用双手防御保护自己，可达姆把他的手臂紧紧抓住，他没法动弹。维格沃特四面环视，希望有人注意到这里发生的一切。但没有任何人前来阻止。他们周围的学生们跑着，笑着，打打闹闹地回家去了。达姆朝维格沃特俯下身去。

"你永远不许再提起这些画。你从来没有见过它们，明白吗？"

维格沃特唯一能做的只是点头。达姆继续说下去：

"你是个机灵的小混蛋，维格沃特。你以为你比其他人要强得多，是吧？你认为你很特别，是不是？'母亲说你是个艺术家'，哈！我唯一需要的，只是别来打扰我。这个请求过分了吗，嗯？对你们所有这些上这该死的学校的、在奶油里泡澡的混蛋船主的崽子们，我唯一的请求只是别来打扰我，明白吗？"

　　维格沃特除了点头之外不敢有其他动作。他想说，他不是什么船主的崽子，但他不敢开口搭腔。达姆看上去还想说些什么，但他把话咽了回去。维格沃特感觉到眼泪从眼眶里冒了出来，他把泪水强忍了回去。他真想说，他跟其他那些人不一样。他和达姆都与其他那些人不一样。他们俩可以在一块儿，他和达姆。可他没有胆量说这话。他只是点头，咽一口唾沫；咽一口唾沫，再点头。随后达姆松开手，让他走了。

28

　　我坐在厨房的餐桌旁，望着茶杯出神。有些东西也是真奇怪。望着茶水里荡起的小波纹的当儿，我仿佛是置身在一条船的甲板上。我把手平放在餐桌的桌面上，手心里感到一种轻微的颤动，就像地底的深处有一台发动机。我感到心里不好受，有点想呕吐。我站起身来。起初感到好受了些，但脚心依旧能感受到来自地板的震颤。一阵晕眩，让我必须要扶住厨房的案桌。我害怕地震，害怕战争。我害怕坦克穿过树林的轰隆隆的声音，那儿是我曾游戏玩耍的地方。现在我也听到声响了。这低沉的轰鸣声向我步步逼近，让我浑身上下烦乱不宁。这低沉的轰隆隆的声音，愈听愈强烈。这低沉的轰隆隆的声音，简直可以填满这所有的房间和所有的空间，弄得我忍不住呕吐起来。我呕吐在厨房的洗碗槽里。我把耳朵紧紧捂住，可这隆隆的声音依然往耳里灌进，就仿佛是一只房屋般大小的猫科动物，正让自己发出咪呜咪呜的叫声。当我这么一想时，突然间一切便都不是那样神秘不可测了。我走到庭院里，再斜穿过院子朝粮仓走去。我走得小心翼翼。在打开粮仓的那扇大门之前，我把制服大象的弯钩棍牢牢地握在手里。那低沉的轰隆隆的声音，伴随着恶心与晕眩一起充满了我的全身。我把所有的门都打开，站在光线下的巴蒂尔顿时安静下来。悄无声息，绝对的悄无声息。大象粪便刺鼻的气味扑面而来。为了不一下子呕吐出来，我一口接一口地咽下唾沫。

他望着我，我望着他。于是我明白了，是他在呼喊。他呼喊有什么人会到他跟前来。或许他渴望其他的大象能够听到他的声音。在丛林里，在雷电的闪光之下，停下他们的脚步，聆听。把前掌双双举到空中，以确定对着我粮仓这儿的方向。没有高山大海能将他们阻挡，他们会朝这儿直端端地奔跑过来，他们穿越过无数的钢铁建筑物和公共汽车，穿越过钢筋混凝土墙和住宅民房。他们能游过大人小小的海洋，就像他们天生就会游泳一样。最后终于来到了挪威，终于他们能蹚水而过，上了海岸。然后他们继续大踏步向前奔跑。可现在我们要说的是到达终点的这一程，从奥斯陆海湾到农场这儿的最后一程。我要站在厨房的窗户那里，看看他们怎样一张桌子接着一张桌子的，一根钉子接着一根钉子的，把伯爵的这个农场捣毁成碎片。冷不丁的巴蒂尔就站在了他们跟前，他的腿上套着铁链，他的脖子上套着铁链。一看见了他的朋友们，看见了他的兄弟姐妹、父亲和母亲，巴蒂尔以一个几乎难以察觉的颤动，想从铁链中挣脱开来。就在象群们要开始这漫长的跋山涉水返回丛林的归程之前，巴蒂尔会朝正站在厨房窗户那儿的我转过身来。他会用后腿站着，将整个身躯直立起来，向我、向他的这个又将是孤单一人的朋友挥手道别。

　　或许他呼唤的是阿列克谢·科尔尼洛夫。或许他希望阿列克谢·科尔尼洛夫能听到他的呼叫声。此时的他正全力投入训练一头新的大象的工作，在斯塔科奇马戏团在圣彼得堡城外租下的那个宽大的仓库里。这次是一头叫玛雅的印度母象，她要学会比巴蒂尔更多的技能——奇怪的是，看上去进展不大。阿列克谢明白，他不能领着这样一头比巴蒂尔玩的把戏还少或还差的大象，再回到马戏团的表演场地中来。用象鼻子握住彩色粉笔在那块小小的黑板上写下"欢—迎"字样，这把戏至少是自己这头新大象得学会的。可玛雅的表现却是既无意愿又无才能。她会用两腿站立，会躺下来，会在地上打滚和像狗那样装死。但光会这些自然是不够的。当怒火冲天的阿列克谢把装着彩色粉笔的盒子一下子砸在墙上的同时，他听到了那低沉的轰隆隆的响声。他不认为这是战争，他不认为这是地震。他非常清楚这是什么，这是一种欢呼声。脸上绽开的笑容让这张粗糙的、饱经风霜的面容有了光彩。巴蒂尔，他轻唤了一声。在他转过身，从那个仓库建筑物中猛冲出去之前，又唤了一声：巴蒂尔！玛雅从地上拾起一段粉笔，走向那小小的黑板。她尽可能努力地去写下"欢—迎"字样，但这已毫无用处了。阿列克谢设法弄到了钱——我不知道他是怎么弄到的，反正他把钱弄到了手，并且坐上了从圣彼得堡出来的第一趟班机。

巴蒂尔那低沉的轰隆隆的声音无时无刻不在他的腹内、在他的耳里轰响，在他身体内所有空间轰响。在我得知这消息之前，在我们——巴蒂尔和我，得知这消息之前，一辆出租车一个急转弯开进了农场，阿列克谢急步走下车来。他一手握着一瓶伏特加，用另一只手臂拥抱我，在我的脸上这边一下那边一下，留下了两个湿漉漉的吻。当我们俩一起走进去，来到巴蒂尔跟前时，他已经穿戴好了节日的盛装。他的身上裹着色彩艳丽的披饰，额上还有一块光彩夺目的钻石。他的长鼻卷着一块小黑板，上面用挪威语和俄语写着"欢迎"这两个字。

或许巴蒂尔呼唤的是我。我正站在门框那儿，他站在那个黑暗的角落深处。但我明白他在用他那双大大的眼睛凝视着我。他用自己那发抖的、震颤着的声音呼唤着的是我。他想要说，与其像他这样，腿上捆住铁链、脖子上套着铁链站在这里，他毋宁死。他想要我放了他，让他到外面去，那是他的地方。或许他不知道他的家究竟有多远，或许他不知道什么是家，或许他没有家，或许他有一个不愿待在那里的家，或许他有一个家，可这是他宁愿逃避开的家？我口袋里有一串钥匙，我触摸着它，感觉它沉甸甸的。或许我们应当练习练习，巴蒂尔和我。我试着回想那些漫长的、围坐在篝火旁的夜晚，阿列克谢教会我的一些东西。在温暖的白日在粮仓里同巴蒂尔在一块儿，那时候阿列克谢会用他的手臂搂住我，将我拉向他的身边。他可能会说一声，兄弟。你和我，还有一头名叫巴蒂尔的大象，我们是兄弟。

他说，对谁是主宰者这一点，决不要有丝毫怀疑和动摇。畜生就应当听从命令，永远不要让他们提出疑问。首先你可以把巴蒂尔放到外面去，让他先尝尝自由的滋味。那情况便会稳定下来。

"你大概很少看到我使用那根弯钩棒。我是个温和的驯象师。或许你认为我是巴蒂尔的好朋友？是的。"他喊叫了起来。他那浑厚低沉的笑声充满了整个粮仓。

"是的，我是巴蒂尔的好朋友！"

阿列克谢又用他的手臂围住我，把我拉得更靠近他些。

"可是巴蒂尔明白，我知道他明白，要是他让我失望的话，我会毫不留情。我和巴蒂尔怎么明白这一点的？我们是怎么明白这一点的，维格沃特，我的兄弟？！"

我站在粮仓里，我的眼睛渐渐适应了室内的光线。这光线把待在那角落里的巴蒂尔的个头儿放大了，他的黑身影成为了一座黑黝黝的山。我是巴蒂尔的好朋友吗？他是我的好朋友吗？阿列克谢决定要成为巴蒂尔的朋友。在最开始接触的时候他就让巴蒂尔注意到，若是不听从命令，将会导致什么样的后果。一有丁点儿的执拗不顺的苗头，巴蒂尔便会受到惩罚，严厉的、毫不留情的惩罚。这惩罚会让他明白，应该怎么做才是对的。如阿列克谢所说的那样，该让他懂规矩，不成规矩不成方圆嘛。巴蒂尔懂得了，阿列克谢才是最强大的象。

"你必须得是一头象。"他悄声说道。

他把他那湿漉漉的厚嘴唇对着我的耳朵，那用伏特加烧暖了的嘴唇对着我的耳朵，告诉我说，我必须得像大象那样活着。我得像自己就是一头大象那样去接近巴蒂尔。

"你能行的，维格沃特。"他低语道。

我不知道。我站在这里看着巴蒂尔，这被锁在这黑乎乎的粮仓最里面的巴蒂尔。我很有可能就是他。我永远不可能成为阿列克谢那样的人。当被装饰一新的巴蒂尔举起双腿站在表演场地中央，当他骄傲地接受观众和着管弦乐队音乐的节拍跺着脚鼓掌的那会儿，我也永远不可能成为这样的巴蒂尔。但在伯爵的黑暗的粮仓度过一生，我一点儿没问题，会过得不错。我又想到阿列克谢说过的话了。他说我不应当放走巴蒂尔，给他自由，他不愿意我有这种念头。他说，很快他就会回来，来接巴蒂尔。到那时，他们俩又会去占领世界的舞台。但在那时刻来临之前，最好是让他戴着锁链同我在一起。于是他给我示范，教我如何使用这制服大象的弯钩棒，他会感受到疼痛的。我说我不相信这种肉体的惩罚。那时阿列克谢笑了，他放声大笑。他说他能看透我的心底。他说这只是因为我不够强壮，否则我会说出另外一番话来。

"要是你足够强壮，维格沃特，你就不会犹豫和迟疑。不是你就是他。"他说。

"不是维格沃特就是巴蒂尔，二者必居其一。要是驯象人不明白这点，那很快就会捅娄子的。"

你和巴蒂尔一起谈谈，你们会一致同意你们各有自己的角色

179

和位置。你对巴蒂尔说，你是不相信暴力的。要是他照你的话去做那就好，那就什么事都没有。巴蒂尔点头同意，我照你的话办，他说。他照着自己的诺言做了，直到有那么一天他突然烦腻了，不愿这么做了。那你就成了一个障碍，成了一个有四吨重的一堆象肉的障碍。对你的那些和平共处的对话、你的那些圆桌会议，他已经失去了耐性。这时候就会出大事了，要是你明白我意思的话。大象不像许多人认为的那样温和良善，但也不是说大象狂暴邪恶。大象就是大象，就这么简单。这就是为什么我们也得是大象，我们得忘掉我们是人。我们得忘掉我们人的情感，忘掉我们所说的有关正确与错误的一切观念。我们唯一要做的是，遵循大象的简单规则。什么样的规则，维格沃特你是知道的。在你那小小的象的肚腹内的最深处，你感觉得到的。

然后他又笑了起来。说来真奇怪，但我可以发誓，巴蒂尔他也在笑。我明白了，我察觉到了在我小小的象的肚腹的最深处的这第一条规则。巴蒂尔自己从丛林那里／或是从莽原那里／或是从国家公园那里／或是从那个他来自的地方带来的规则是：对强者的绝对的、完完全全的服从。我们知道这规则的含义，巴蒂尔和我。我们俩都是群居动物，我们俩又是无群队可依可随。我们俩都身处底层。

现在我想的就是这个，现在我站在粮仓里，听着巴蒂尔大约每二十秒钟一次往口里吸气的这时候，我开始明白过来了，我的朋友和兄弟阿列克谢·科尔尼洛夫将永远不会再回来接他的巴蒂尔。巴蒂尔是我的。这头现在已是毫无用处的、除了带着铁链子站在黝黑的粮仓里，吃一口袋一口袋干硬面包的大象，现在归我了。

"这生活不公平，巴蒂尔。"我说。生活是太不公平了，无论是对于你还是我。

然后我唱起了霍夫伯爵教会我的那首水手之歌，试着给我们俩鼓鼓气。嗨—哦—荷，年轻的水手扬松，清晨的风儿已经刮起，昨夜已经过去，康斯坦蒂娅，现在就要出海航行。在一刹那间里，我相信巴蒂尔随着曲调跺起脚来，他也想像我鼓励他那样鼓励我呢。可是我看见他又要迈出那机械的编织舞步了。他把两只前腿举起来，以铁链允许的范围转过身去，扑通一声把双腿重重地在地面上落下。又举起腿来，又扑通一声把腿重重放下，一次，又一次。

"别这样，巴蒂尔。"我大声叫起来。

但他不听我的。他不把我放在眼里，他不愿意跟我在一起。他只想自个儿待着。"停下，别这样！"但我不能让他照着我的话去做。我还没有拥有一头大象的资格。我需要的是绝对服从，但没有得到。阿列克谢已教会我如何将他完全制服。我抓住那根棍子，走到了巴蒂尔的背后。在他举起前腿时——老天才知道这是哪一次，我将棍子朝着他的两只后腿之间一下插下去。像阿列克谢示范的那样，我先捅进去的是那个弯钩。巴蒂尔立时噤若寒蝉，而他那巨大的身躯像被猛地拉动了一下，于是他的前腿便颓然跪倒在地。

"对，就是这样，"我低语道，"就是这样的，巴蒂尔，这就是个聪明孩子了。"

然后我走出去，回到我自己的屋里。我的手颤抖着。在厨房的那张细木腿的椅子上坐下，把手对着光线举起来，看见这手在簌簌发抖。重要的是一天一天地过，活着一天就是一天。就像有人说的那样，不要让活着的每一天就跟这是世界末日似的。活一天，就活好一天。

我举起话筒，终于听到了电话接通了的嗡嗡声。我首先拨的是阿列克谢给我的这个电话号码。再拨一次，或许现在可以接通了。可我听到的总是一种急促的占线音，完全跟我以前试过的许多次那样。然后我给外交部事务处打电话，请他们帮助我。我以前也这么试过，但没用。我知道，他们给苏联打电话过去询问了。我得到的答复是让我等着，在等候的时间，他们放了一段优美的音乐。我敢断定，这一定是一位想家的人作的曲子。从某方面来说，这音乐让我想到了伯爵的那双眼睛。我坐在厨房的那张细木腿椅子上，手颤抖着，等待着有人能帮助我与我的兄弟、朋友阿列克谢·科尔尼洛夫联系上。接着电话里有了回话的声音，说在圣彼得堡有五十六个人叫这个名字。我抗议。这不可能，我说，只有一个阿列克谢·科尔尼洛夫。这声音好像不太理会我说的话。她要街道的地址，但我却没有。我请求她把这五十六个电话号码给我。这个女人无精打采地叹了一口气，这会花很多钱的，她说。

我说我懂，但这值得。

我坐在那里有一个小时，将所有的电话号码都记了下来。我将它们同我手中的号码一一对照，但没一个跟这号码一样。在夜里我守在电话机旁，在夜里我要给阿列克谢·科尔尼洛夫，给这个能跟象一样思考的阿列克谢·科尔尼洛夫打电话。他走路、站立、坐着的方式以及他的梦想都跟大象一样。或许他会高兴我去电，或许他已经设法和我联系过，为了同巴蒂尔这头曾经会写字的大象最终再一次的团聚，他同挪威的维格沃特联系过。我一把抓起了电话的听筒，我开始发出那种低沉的轰隆隆的声响。

我未曾入睡。现在已经是清晨，我未曾合眼入睡。我感到自己是精力耗尽的那般沉重，同时我又感到自己有如刚出世的新生婴儿般的轻松。我明白我是孤单一人。我独自一人同巴蒂尔在一起，我独自一人同一头大象在一起。他是第四十九个。在圣彼得堡我联系到的第四十九个阿列克谢·科尔尼洛夫，是我的阿列克谢·科尔尼洛夫。我从他的声音里马上就听了出来，我能听到一切。另外他立刻就表现出他明白这是怎么一回事。对这每一个阿列克谢的通话，我完全按照一样的步骤和方式进行。他们当中所有的人都因被在梦中惊醒而大为光火，他们都以咕哝着含糊不清的或沙哑的单音节词自报出姓名，说他们叫阿列克谢·科尔尼洛夫。下一步我要做的就是，说出我的名字，大象的名字，和用俄语说"欢迎"这个词。我一个接一个地说，说得很快。他们要不是不明白我说的什么，要不就是不想搭理。挪威语和俄语混杂在一起说，听起来相当接近。至少这是我的印象。然后就是这个阿列克谢了，这第四十九个阿列克谢，我的阿列克谢。他重复我名字的声音里含着惊奇和温暖，接着听筒从他手里掉了下来。一定没错，他扔下了听筒，因为我的耳朵里听到"咔嗒"一声。阿列克谢消失了，但我能听到脚步声和一阵低低的情绪激动的声音。然后他又重新拿起听话筒，他像其他那些人一样开口说话。听上去可能冷淡些，更遥远些。

"阿列克谢，我知道这是你，"我用英语说，"我需要你。巴蒂尔和我需要你。"

我真希望我会讲俄语，那我就准确无误地知道，他对他自己的言而无信都说了些什么。对巴蒂尔和我，对被撇下了的我们俩说话时，他用的究竟是哪一个词。在电话线的另一端的声音，虽然语言不同，但这有愧于人的说话腔调却是相差无几的。这种声音和语调，对我来说至少不是第一次。

第二天一大早，我又一把抓起电话听筒。我把一枝铅笔插进嘴里，让自己的声音改变。这是我在伯爵家里的一大堆杂物中找到的一本《唐老鸭》杂志上学到的，那会儿他正忙着看他的卡琳。我拨响了警察局里贝恩特森的直拨电话号码，听到的是他的自动留言机的声音。

"我打电话是为了可乐人的事。你们什么时候去抓他，"我说，"你们什么时候去抓可乐人？他开的是一辆蓝色车，车里面满是可乐的空瓶子。"

我说话时看着镜中的自己，我不知道到底是什么更令我心惊胆战——我平板板无生气的声音，还是口中插着一枝铅笔的我自己的这张面孔。

下午贝恩特森给我回了电话，他的亲切温和，热情洋溢一如往常。

"维格沃特？我接到你的电话了，怎么样，你好吗？"

我没有回答。毫无意义，我后悔给他打了电话。

"你的这个可乐人又有什么新情况吗？"

毫无意义。

"他又出现了吗？"

我没有回答。毫无意义，我后悔给他打了电话。

"维格沃特？"

我真后悔。

"要是我能知道这个可乐人都干下了些什么，这会很有帮助的。你明白我说的是什么意思吗？"

我没有回答。

"我很愿意帮助你的，维格沃特。我还欠你一个人情哩！"

突然，我听到了自己发出的声音。听起来就像我的嘴里仍然还插着一只粗铅笔，但我嘴里并没有什么铅笔。

"是吗？"

贝恩特森同我一样地吃了一惊。他开始笑了起来。我听到了他带着惊诧的笑声。我什么都能听到。

"是啊，维格沃特。你接纳了那个马戏团，不是吗？我欠你一个大人情！"

我不再言语了，贝恩特森也没再说话。我听见他等候的呼吸声。我试着捕捉自己在镜中的目光。我抓起仍然放在镜子下方搁板上的那根粗铅笔，把它插进口中。现在我是一只鸭子了，现在的我是另一个人。

"你能来接走这头大象吗？"

"你说什么？……你说的是……"

"……大象，你得帮帮我！"

"你想念大象了？这我明白，维格沃特，我非常地明白。"

"你什么也不明白！"

"维格沃特……？"

我放下了听筒。我可以听到他那变得遥远了的愚蠢的呼喊声，仿佛他是住在地的下方。但他并没有住在地下，这我知道。

29

　　维格沃特朝街拐角处的那家商店走去。现在他可以经过面包工厂直接往西门家走去。或者他可以向左，经过塔楼往上走，再继续沿坡往上走，一直走到霍夫伯爵家。维格沃特走在去朋友家的路上，去西门家的路上。他对家里说了，他要到西门那儿去。他给西门打电话问是否可以去他那儿。回答是行，但要晚些时候来，他们今天的晚餐邀请了客人。在客人走了以后，维格沃特可以来。七点钟来。维格沃特离开家的时候他没这么说。如往常那样他对母亲说，他可以马上就去那儿，接着他走出了家门。看看钟，还有两小时他才能去西门家。他不可能上曼内那里去，然后不多久只为了要去西门家又赶着离开，这不合适。他在街拐角处的那家商店外停了一下，就在这里，他通常和曼内坐在一块儿，记下来往汽车的号码。然后他漫不经心、晃晃悠悠地往坡上走去，朝霍夫伯爵家走去。就在那家商店外面，他曾经有一次和母亲一

187

块儿站在那里等候爷爷。这一定是在父亲上班的时候发生的。他们得这么站在那里，这样父亲就不可能从面包工厂那儿望见他们。维格沃特不太明白为什么父亲不愿意他和爷爷见面。但有一点他是清楚的，那就是爷爷高大魁伟。虽然他的笑声高过了那塔楼，他可仍是一个可怕的人物，一个在父亲还是小孩的时候就把他给扔进了蛇窝农场的可怕人物。在家里的童话故事书里能找到这样的一张插图：在蛇窝农场里的父亲和他的小弟弟。爷爷就是这样的，他笑得是那么的开怀爽朗，在他周围总会有什么事情发生。同爷爷在一起的时候，几乎总会有一些令人兴奋激动的事发生。爷爷就是这样的，他很高兴见见维格沃特。但正当那辆福特大轿车渐渐驶近，正当母亲举起戴着手套的手朝汽车挥动这会儿，那有关蛇窝的恐惧感占了上风。维格沃特开始大声嚎叫起来，母亲把他紧紧搂住。爷爷的车慢慢朝上面开过来，一直开到路边的人行道旁。爷爷摇下车窗，他笑了起来。他的笑声低沉浑厚，充满共鸣。这一切发生得极快，母亲拽开车的后门，几乎是把维格沃特一下子掼进了汽车后座那暗绿色的黑暗中。爷爷发动了汽车，伴着维格沃特的尖声大叫，车猛地一下又上了公路。他就这么一直扯着嗓子地嚎叫，直到车后座的黑暗中伸出一只极柔软的手来。这只手在他的脸颊上拂过。他立刻安静下来，只感受着这手抚摸他的脸，他的后脖颈。维格沃特低下脑袋，让那只手在他的脖子上上上下下地抚摸。他真高兴，贝亚特也来了。贝亚特是爷爷的新妻子，父亲的继母。父亲和母亲在一起说到贝亚特时，总是紧绷着一张脸，表情很奇怪。可维格沃特一想到她却感到快乐。爷爷减慢车速，朝维格沃特转过头来，他笑了。

"给孩子一块杏仁奶油面包，贝亚特。"

贝亚特的手里一下子就有了一块杏仁奶油面包。当维格沃特在剥下面包上的纸时，这银色的纸发出一阵被揉皱压碎的毕毕剥剥的声音。他把身子往后靠倚着柔软的车坐垫，咬下一小块巧克力，吸进一口贝亚特淡淡的香水和这车内沉闷厚重的气味。

"你又买了一辆新车啦，爷爷？"

爷爷呵呵地笑起来。他让双手离开车的方向盘，双臂举到空中，在同一时间里这沉重的汽车自己呼啸着在路上开过。

"瞧，"他高声喊着，"瞧！我开车可以不用手！"

现在维格沃特忍不住笑了，现在维格沃特和贝亚特都忍不住笑了。贝亚特的笑声就好像能打滚似的在车内翻来荡去。每次这笑声一碰撞到了维格沃特，他就笑得愈发厉害了。爷爷没有笑出声来，但他面带微笑。他坐在他那漂亮的大汽车的方向盘的后面，头上戴着一顶漂亮的大帽子，唇边浮起了一个很明显的动人微笑。

他们就这样开着车往上再往上，经过了学校，经过了草坝，经过滑雪跳台。当经过滑雪跳台场地时，爷爷减下车速。他告诉维格沃特，很多年以前他曾经和国王一起站在这场地的外面，那时他和国王是最好的朋友。维格沃特问特吕格弗·赖伊是否也从这滑雪跳台上跳下来过，爷爷说他不大确定这个。或许他曾经是从那大跳台上跳下过。如果真有其事，那就是他把这事全给忘了，爷爷说。

"我，知道吗，维格沃特，我的记性跟大象一样不中用！"

他们在一家比城里地势高出许多的饭店里用了餐。从那里俯瞰，能将一切尽收眼底。维格沃特可以把从爷爷那儿得来的二十五俄勒的硬币，投进那个大望远镜里，从那里可以一直望到那栋塔楼。他将目光固定在塔楼的最高一层，想试着看一眼特吕格弗·赖伊，但只看到那大玻璃窗的一片耀眼的闪光。他把望远镜镜头位置往下调了一点点，几乎确信自己望见了在厨房窗户里的曼内。维格沃特站直了身子，挥动起手来。当他瞅见了旁边有几个大人正笑话他的举动时，他便站住不动了。

在餐桌旁爷爷问了一下有关学校的事情，有关母亲的事情，但没有问到父亲。维格沃特立刻注意到了这点。他开口说，父亲也很好，为的是想看看爷爷会有怎样的反应。爷爷什么也没说，只笑了笑。贝亚特拍着维格沃特的手说，那就太好了。父亲一切都平安，这可是让人高兴的事，维格沃特！他们吃了牛排。饭后的甜点，维格沃特得到的是浇了巧克力汁的冰淇淋。突然他感觉出了一种异常，他往上方望去，看见爷爷凝视着前方，他的目光涣散，眼神很奇怪。大颗的泪珠沿着他布满皱纹的脸颊滚落下来。维格沃特看着贝亚特，她温柔亲切地笑了笑。维格沃特再看看爷爷，现在他触到了他的目光，他深深地望进了他的眼里。维格沃特这时听到了自己说话的声音。

"为什么你把父亲扔进蛇窝农场里？"

爷爷困惑地摇了摇头。

"什么？"

"在父亲小时候……为什么你把他扔进蛇窝农场里？"

"够了，现在的这些话太过头了！"

这是贝亚特在用她的小拳头敲着桌面。可爷爷举起一只手，示意她不要再出声。他朝维格沃特弯下身去，拍了拍他的脸颊。爷爷大大的、湿漉漉的眼睛。

"他是这么告诉你的吗，你的父亲？"

突然一下子维格沃特记不起来了，这到底是父亲告诉他的呢，还是他自个儿想出来的。他正想说说这个，爷爷抢在头里开了口。

"我这样做是因为……我把他扔进蛇窝里是因为……因为我非常爱他！"

贝亚特一把抓住爷爷。

"留神，你都说了些什么！"

爷爷从桌旁边站了起来，他的酒杯打翻了。然后他往后一仰头，冲着饭店里那大圆木架的天花板咆哮般地喊道：

"我今天也同样地非常爱他！"

为把吓得躲到了桌子底下去的维格沃特哄出来，贝亚特用了两块杏仁奶油面包再加上一大堆温柔的话。当他最后总算从桌子下面出来时，爷爷已经不在了。贝亚特和维格沃特手拉着手走到汽车跟前，爷爷早坐在了方向盘的后面，头上戴着帽子，唇边浮着微笑。他从车窗里探出头来，望着维格沃特说：

"今天我可有点不太喜欢你，维格沃特。你得留点神。"

维格沃特又重新坐在了汽车幽暗的后座上。他开始再次怀疑，关于这个蛇窝农场到底是否真有其事。但其中一定是有什么含义的。他曾经试探着让母亲说说，为什么他得这么偷偷摸摸地去见爷爷和贝亚特。可母亲只是说，当维格沃特再长大些以后就会明白了。

"但想想，要是我不能再长大些呢。"维格沃特说。

"胡说，你当然会长大的。你要长成一个大人，维格沃特。你会是一个成年人，会变老，然后会更老一些。然后你就会死去。"

"那你不会为我难过吗？"

"到那时候我早进坟墓了。"

母亲望着维格沃特，维格沃特望着母亲。他看见母亲脸上那一丝丝微笑倏然间变为了恼怒。他知道这是为什么，但他无能为力。

"你为这芝麻大的事也哭鼻子，维格沃特？"

"你不要死！"

"还早着呢。"

"你不要死！"

"我说过了，还早着呢！"

现在母亲再没了情绪，现在她有了另一种声音。但她没有走开去。他们坐在沙发上，维格沃特把脑袋枕在母亲的腿上。这种感觉是再好不过了，虽然他明白不应该是这样的。

"想到我不会死，想到我永远活着可又仍然像现在这个样子不长大。"

"好啊，你就这么想吧。"

"想一想啊，我就这么停了下来。发生了的一些事让我就此打住，不再长了。"

"你是说，你长不大？"

"是的，或许是这样。"

"是吗？"

她不再听他说话，她一把抓起了正在织的一件衣物。虽然母亲什么也没说，可维格沃特清楚，他很快就会被一揽子针织活儿给挤兑出他正枕着的母亲的双膝。可不，这一点不假，毛线签子开始威胁着逼近他的双眼了。其中有一根已经戳到了他的脸上。维格沃特悄悄地将头斜到一边，从侧面退离母亲的腿，让自己坐在了地毯上。她已经不再听他讲话，所以维格沃特便张口滔滔不绝了。

"我喜欢同爷爷在一起。"

"是吗。"母亲手里织着毛线活儿。

"我也喜欢贝亚特，非常地喜欢。"

"是吗。"

"我……我得到了杏仁奶油面包。他把父亲扔到蛇窝农场里，是因为他非常爱他。"

"当然是了。"

"为什么他们俩不能是朋友？"

"有时候事情就是这样的。"

"我们俩是朋友，对吗？"

"嗯。"

"永远，是么？我们将永远是朋友，是这样吧。"

"是啊，这是自然的啦，维格沃特。只要你乖，听话。"

"我乖，我听话。"

"哎。"

"我乖，我听话。"

"嗯。"

"我乖，我听话。"

最后这一句他是喊出来的。他高声大叫着，一次又一次："我乖！我乖！我乖！"

到了最后母亲得放下手中正编织的活儿——她这么做的时候深深地叹了一口气，把维格沃特抱回了他的房间。

"像这样没完没了的可不行，维格沃特。你一定明白这点的，是吧。"

维格沃特在床上躺下后，他平静下来，他说他懂的。

"对不起，母亲。"他说。母亲抚摸着他的脸颊，在他脸上亲吻了一下。

"我知道你会是个乖孩子的。你是我的小男孩呀"，她说，

"来，我们去浴室刷刷牙。"

　　在这之后维格沃特又躺回到床上，想着同爷爷和贝亚特一起坐汽车的事儿。随后又想了想，自己到底是不是乖孩子。他可能是个乖孩子，可他并不是。他也不是个坏孩子，不过他不乖，虽然他可能是个乖孩子的。他看见了母亲的困乏厌倦，母亲是因为他而困乏厌倦的。他为这一点深深感到内疚。他钻进了被窝里，他要更聪明些，要乖要更听话些，这一点毫无疑问。他下了床，踮着脚尖，朝挂在椅背上的裤子轻手轻脚地走过去。他掏出了自己特意留下的那半块杏仁奶油面包，又躺回床上。他躺着嚼巧克力。要是母亲这会儿走进屋来，发现他在刷牙之后还吃糖果点心！仅仅是想到这个，他已经感觉到浑身上下像有毛扎着般的不自在了。他又想象着这会儿爷爷会看见他，想象着爷爷看见他躺在那儿，心满意足地啃着杏仁奶油面包。那时候爷爷一定满脸含笑，在那顶漂亮精致的大帽子下面的他，满脸含笑。然后他朝维格沃特走了过来，眼睛里有一种令人难以捉摸的奇怪的神情。

30

　　我醒了过来。四周是绝对绝对的静寂无声。屋子里悄无声息，粮仓那儿悄无声息，道路上悄无声息。即使夜里的河水也是在无声地流淌。我梦见爷爷了。我梦见我坐在一辆汽车里，坐在驾驶座方向盘后面的是一个陌生男人，这是他的汽车，这是辆陌生的车，在车后面的货厢里堆满了空可乐瓶子。猛然间我看见了爷爷，他正沿着我们开车的这条路上往前走。我喊他，那个陌生男人减慢车速，把车停下来。我摇下车窗呼叫爷爷，他停住脚步。然后他看见了汽车，他朝着我走过来。他的个子很高大，现在他已经不在人世了。在很久、很久以前他就停止了微笑。

　　"你在这里干什么，维格沃特？"

　　除了摇摇头之外，我没有任何表示。我不是心甘情愿坐在这里的呀。不过此刻我注意得更多的是爷爷。从某方面看上去，每个瞬间他都可能消失，就像他的身影会融进茫茫的迷雾里，从此无迹可寻。我急不可耐地将头探出车外。

"你在那里怎么样呀？"我问。

他望着我眼神极为悲凉。他把手伸出来想摸摸我的脸颊，可他无法够着我。

"我不能说这个。"他说。

陌生人发动汽车，车往前开走了。我猛地一转身，向车后座扑过去。爷爷用悲伤的眼睛跟随着我，我竭尽全力地狂呼：

"你在那里还好吗？"

可他听不见。他只是站在那里，站在那路边上。

我醒了过来。四周是如此地静寂无声。我明白爷爷来过我这里了。这不仅仅是个梦，不全是。我起身下床，走到电话机那里。在我拨了第二十五次电话后，他那边才有了回音。他的嗓音是那么沙哑干涩，带着夜和睡眠的含混不清，让人几乎听辨不出是他的声音。

"我梦见爷爷了。"我说。

"维格沃特，是你吗？"

"是的，父亲。是我。"

"你知道现在是几点吗？"

"你知道爷爷在哪里吗？"

"我睡觉了。"

"或者说，你知道他在那里怎么样吗？"

"这样不行的。我明天早上给你电话，好不好？"

"为什么你们不能做朋友？"

"我们是朋友！"

"我不能去看他。"

"别胡说了。"

"可我还是和他见了面。"

"当然你同他见面啦。我的天，维格沃特……"

"你恨他，是因为他把你扔进了蛇窝农场！"

"蛇窝农场？你都在说些什么呀？"

"别装糊涂了，父亲。在阿斯比约恩森和姆[1]的书中的插图里都有的。"

"我的上帝！"

"为什么从来不让我知道这些事？"

"维格沃特，我是个老头子了，现在可以让我睡觉了吧。"

"你得先回答这个问题。"

一阵电话占线的"嘟嘟"声突然钻进我的耳中。我们的线路一定被干扰了。我试着又打过去，可再也没有声音。或许电话坏了。或许一道电闪劈了下来。或许他住的地方那儿正是电闪雷鸣。这里是绝对的静寂无声，因为爷爷来拜访过了。

然后有了一点动静。这声响打破了漫长黑夜的寂静。我知道

---

1 指 Peter Christen Asbjørnsen 和 Jørgen Engebretsen Moe，著名的挪威民间故事的搜编者。

这绵长无尽的吼叫是从巴蒂尔的长鼻子里发出来的。一种单调的、像老牛发出的那种哞哞叫。我想知道现在它出什么差错了。我知道这叫声的含义，同时我却又没法将它一一说清。以前我听到过这种闷声闷气的叫声。

31

下着雨的清晨，门铃响了。这是星期天，星期天的一大早。我们三人都知道一定出了什么大事，从来没有过在星期天这么早的时辰有人来按响门铃的。我们互相看着对方，母亲披着睡袍，父亲和我身上还穿着睡衣。我们感到惊慌失措。父亲点了点头，母亲过去开门。门外站着贝亚特。在费劲地爬上这些楼梯之后她还喘着粗气。她全身裹着油布雨衣，头上戴着防雨帽。顺着她身上流下的雨水在她靴子的周围已经潲成了一汪水。她一看见我们，张口就哭出了声。

我也试着哭出来。当有人死了的时候，应该如此表现。我像只正被宰杀的猪那样嚎起来，奔进了自己的屋里，把头藏在床罩下面干号。可这会儿我唯一想着的是，我哭不出来。我认为我是爱爷爷的，现在我却没法哭出来。我想到了他响亮的笑声、他脸上绽开的笑容、他那发出光泽的宽檐帽，可就是掉不下一滴眼泪。

于是我便更高声地哭嚷起来，直到发现我的屋外完全没有了动静。或许没有人听见我的声音，或许没有人在乎我到底是在真哭还是假哭。我走出房间，又来到了门厅。父亲和母亲正在穿雨衣，贝亚特站在那里等候着。我试着对她笑了笑，我想或许她有一块杏仁奶油面包，在爷爷死去了的此刻来安慰安慰我，可她就像没有看见我一样。说不定她知道我不是真的在哭，说不定她也明白我其实并不伤心难过。父亲望着我，但也跟没看见我一样。他只是叫我穿上雨衣。我问我们要去哪里。母亲看着我，软弱无力地笑了一下。

"我们要去爷爷那里。"她说。

"可他已经死了呀。"我说。

可这句话没有一个人理会。

爷爷和贝亚特的家和我记忆中的一个样，只是小了些。事实上是我有很长时间没去那里了，房子看上去自然不如以前那样大。母亲和我去那里吃过几次蛋糕，这是我们的秘密。现在父亲一个房间一个房间地四处细细观看，在墙上的画和许多小摆设跟前停下脚步。他不时从书架上抽出一二册书来，动作轻柔地用手拂拭着书有光泽的硬皮封面。我坐在有壁炉的客厅里的一张沙发上，觉得我像是在一位陌生人的家里做客。我知道这个地方与我毫无关联。爷爷一定是躺在卧室里，他一定含笑躺在那里。当一个人死了以后他怎么还能露出微笑呢？他一定还是那样的相貌堂堂。

突然贝亚特一下子注意到了坐在沙发上的我。我暗想，这会儿她该变出一块杏仁奶油面包了吧。但现在她压根儿就没想这件事。

"你应该进去看看他，维格沃特。他躺在那里非常的安静，就像他睡过去了一样。"

我求助般地朝母亲望去，看上去她好像没有听见贝亚特说的话。父亲只是来回地踱步，脸上带着像在梦里一样的恍惚神情。我在沙发上使自己蜷缩成一团，贝亚特站起身向我走过来。母亲目睹着这一切，同时却又视而不见。贝亚特的动作沉重迟缓，好像她迈不开步子似的。我再一次假装跌倒在地，再一次让我的脑袋撞击在地板上，再一次晕过去。

但没有人在我身边跪下来，没有人把一块湿毛巾放在我的额头上，或者抚摸我的脸颊。几秒钟以后我假装苏醒过来，看见贝亚特正朝向那把扶手椅往回走去。母亲仍然坐在窗户边，脸上表情漠然。可我成功了，我逃过了去看他。

后来我站在把客厅、厨房和卧室连通在一起的那个长而狭窄的甬道里。我站在那里，感觉这所房子显得是那样的陌生。这所房子已颜色褪尽，以至所有的这些墙壁、地板、天花板，还有油画、花瓶、镜子、桌子、椅子都统统汇在一处，化为了冷的灰白色的雾团。爷爷不在人世了，我想知道如今我该怎么办呢。我真生爷爷的气。他就让我这么站在这甬道里，让我孤零零的一个人陷在这所陌生房屋里的灰白色的雾海当中。犹如一枚炮弹似的突如其来，此时从甬道的深处响起一阵哀声。事实上在最初的一刻，我还以为是雾角¹声呢。在接下去的一刹那间，我想这是爷爷死而复生了，就像在学校里我们学到的那个拉撒路²一样。但这是另外一回事。这悠悠的悲声忽高忽低，上上下下将我围裹住，将我自身掏空，然后充满我整个身体。它威胁着要掳我而去。所以我用双手紧紧抓住镜子下方的那张桌子，眼睛瞪得大大的，设法凝视着镜中的自己。就在这同一时刻，屋里开始一阵不安宁的纷乱，我明白这声音来自何处，是爷爷躺着的那间卧室里发出来的声音。爷爷静静地睡过去了，嘴边带着一丝微笑。这声音是从床边的一张椅子那儿发出来的，父亲正坐在那里。声音是从父亲那儿发出来的，是父亲在悲恸、在哀哭。因为他的父亲死了，而且永远也不会再活过来。

当卧室的门打开父亲走出来的时候，我的手仍然紧紧地抓住那张桌子。我盯着父亲的脸看，但我什么也没看出来。从我身边经过时，他揉了揉我的头发。

"你站在这里呀，我的孩子。"他说。我听到他声音的这会儿，我知道这声音是我曾经听到过的。他的声音里充满了爷爷的声音。他离开了我，朝着那甬道走去。父亲的背影瘦弱而单薄。

1　在海上报告浓雾吹响的号角。

2　Lazarus，《圣经》记载他病死，四天后耶稣使其复活。

32

　　我不知道可乐人隔多长时间到那办公室去坐下来一次，在那里的桌上放着纸巾。但我想这一次他很快就要去那里了。我想，他清楚有什么东西在他心里滋生。那个女人坐在那里，看了他一会儿，然后开口说话。

　　"你这么快就给我打电话预约时间，我感到有点惊奇。"

　　"为什么？"

　　"你看上去不像上次那样心神不定。"

　　"是吗。"

　　"那么我们该说些什么呢？"

　　"这你清楚！"

　　"你这是什么意思？"

　　"想知道我要说什么是你的工作。"

　　"我不能代替你说话。"

"对，你不能。"

"所以要是你想说的话……"

"那又怎样？"

"那你愿意说什么呢？"

可乐人想，他真想谈谈有关识别与辨认的事。当他望进你们的眼睛时，他看到的是他自己的一生，是他自己在镜中的画面。他知道他会跌进坠落下去，通过这个画面跌进坠落下去。这里没有四壁，这个坠落也永无终止。他不需要用手臂傍依攀援，不需要警戒守护自己。他唯一的企望就是这一坠落。他渴望前进入侵，坚定不移地渗透入侵。而能获得这一需求的唯一方式便是渗透入侵，深深地入侵。这将是多么的令人费解啊！这一切不是经常发生的，但也很可能经常发生。它很快就要发生了，她至少应当明白这一点啊。它已经逼近在眼前。

"我不知道。这或许很愚蠢。"

"什么很愚蠢？"

"到这儿来。"

"你是不是对什么感到了恐惧？"

"对什么恐惧？"

"你自己说！"

"那会是什么呢？"

"可能要发生什么事情了。"

"可能要发生什么事情呢？"

每一次他到来到这里，总是抱有会获得更多帮助的希望。她应当明白他，看透他。她应当伸出手臂接受他。和她在一起，他应当得到休憩与平静。可这难道真是他自己的意愿？事实上就在眼下，在此时此刻，他真想伤害她。或者把她给杀了。可乐人站起身来。

　　"什么事情也不会发生的。"他说。

33

维格沃特顺着最外面那栋住宅楼旁的林荫道往上方走去。他拿定主意到霍夫伯爵那儿去。他决定先在那堆废旧报纸杂志上去坐他几小时，听伯爵说说他的那个卡琳，然后再继续上路去西门那里。

现在他有很长时间没去伯爵那儿了。上次他们俩——他和伯爵——翻脸了。或许不叫翻脸吧，但关系不太融洽了。在开始的时候是快乐融洽的，刚开始总是这样。伯爵按他的那套标准给维格沃特弄了点吃的东西，煎蛋、咸肉和腊肠块。伯爵管它叫做牛仔饭。维格沃特迄今为止的理解是，这牛仔饭属于那过往的时代。而眼下在伯爵的冰箱里却能找到这种食物——通常是鸡蛋和咸肉，不过有一次伯爵放在桌上的是一颗极大的卷心菜。维格沃特是抹着黄油，撒上盐吃的。

"牛仔饭上桌了。"那时伯爵是这么吆喝着端上桌的。

是啊，在开始的时候是很快乐融洽的。他们先吃完东西，然后就看卡琳。维格沃特不知道这卡琳的电影他究竟看了有多少次，倒不是说看得腻烦了。恰恰相反，当伯爵一开始放电影时，他的心里总是微微地有点颤动。因为每一次从中都有新的发现，就仿佛这片子也在一次次的、一丁点儿一丁点儿地发生变化。或者好像卡琳活在电影里，根本就跟个活人似的。每一次出现在观众前的她，举止行为都有些微的差异，这就足以证明了这一点。或者她是活生生地被捉住、囚进那小电影里的。或者所有那些曾半眯缝着眼睛、半含着微笑被装进电影摄影机镜头的人，会蓦地发现他们已经身入其间，被捆住了手脚，被处以终身监禁，而且没有食物和水。这或许就是卡琳为什么会倏然消失，这是因为伯爵捕获了她。至少有一件事可以断言：那就是在伯爵说起他的伤心故事时以他再没有见过卡琳作结语，这是在撒谎。他天天都看见她，并且是在同一时辰，终年如此。伯爵和维格沃特一致同意：她是变得越来越美，越来越漂亮了。

"对有些人就是这样的，"伯爵说，他严肃地朝维格沃特点着头，"这些人啊，随着年岁的增长只会变得越来越好看。这不是指我，是指卡琳，对吧？"

维格沃特点头表示同意。然后他放胆问了一句：

"我们可以倒着放一次吗？"

伯爵望着他。很显然，他不明白维格沃特的意思。维格沃特咽下一口唾沫。

"那小电影。卡琳。我们可以把它倒着放一次吗？"

伯爵困惑地摇着脑袋。

"倒着放？"

"是啊，这好玩极了。就像卓别林的电影那样！"

"像卓别林的电影那样？"

之后便是绝对的静寂。维格沃特突然意识到他干了一件很糟糕的事，他捅了娄子。于是气氛更为沉寂，凝固了的、死一般的沉寂。伯爵的脸涨红了。

"对不起。"维格沃特结巴起来。但看上去伯爵好像并没有在听他说话。

"我只是胡说八道……我……我蠢透了。"

伯爵抬起头来，看着他。

"我有点累了，"他说，"我想我要去睡了。"

伯爵看着他，与此同时维格沃特开始穿上外衣。他试着对伯爵笑了笑，但伯爵并没有回他一笑。维格沃特真想哭了，但他把眼泪忍了回去，因为他不想让伯爵更难过。

"或许过些日子以后你再上这儿来。我有好些杂七杂八的事儿要干。"伯爵说。维格沃特的脸刷地一下红了，红得跟西红柿似的。他竭力忍住不让眼泪掉下来。他只管点点头，表示他非常理解。

然后他走了。还有很久才到他该回家的时间。他往下走去，走到水塘旁那个他常坐的地方。他背靠着树坐下来，这时他试着让自己哭一哭，但没能哭出来。他希望伯爵会从那座小桥走过来，来接他回去。他希望父亲会找到他，他希望母亲会把他搂在怀里。假若他们知道他孤零零的一人倚着树干坐在这里，心里又是这么的难过，他们就会来找到他，会把他拥在怀中的。这一点维格沃特心里清楚。

现在已过了一些时日了，现在伯爵该又会是温和可亲了。维格沃特对这一点确信无疑。在他往上方朝着那个农场走去时，他心里是这么想的。他走过塔楼时，抬头仰望它的顶楼。特吕格弗的公寓是黑乎乎的，但往下九层楼的曼内家里有灯光。维格沃特突然改变了主意，他走上了那个小坡，从那一溜没有人住的侧房旁走过一块空地。他按了曼内家的门铃，一下子听到了他的声音。在傍晚时分门上扬声器传出的声音平板板的，听上去很奇怪。这是当时整个挪威唯一门铃配有麦克风和扬声器的楼房。曼内说过了，理由自然是不让随便什么人都可以进去打扰特吕格弗·赖伊。比如说苏联人，那些共产党，还有德国人。是的，有许多人都想上这位曾任世界总理的他这儿来理论一番，找找茬儿。其实让曼内的父亲来当个保卫就足够了。你想想，他就完全可以端着新上过油的英式斯特恩冲锋枪，站在下面的大门口，用他那锐利的眼睛逼视每一位来访者——可曼内的父亲出远门了，他正为一些比特吕格弗·赖伊重要得多的人物去执行秘密使命去了。曼内对此事是无比炫耀。恰恰是这最后一桩事，维格沃特觉得难以置信，因为像特吕格弗·赖伊这样的人是不多的。不过眼下维格沃特按门铃，不是为了来说特吕格弗·赖伊或是曼内的父亲的事。

"是维格沃特，"他说，"我可以进来吗？"

"我先去看看。"曼内说，然后走开了。

维格沃特站在那里等候的同时轻轻地活动着脚，不让自己冻着。然后扬声器又发出一阵毕剥声响。

"这会儿不合适。"

"哦，不行呀。"

"对，不行。"

他真想请求曼内再去问他母亲一次。他真想请求曼内告诉他母亲说，维格沃特正冻着，说维格沃特有两小时的时间没地方去。伯爵或许还在生他的气，而他恰恰不愿在今天，在外面道路上的黑暗之中四处游荡徘徊。但他不会告诉别人有关伯爵的事。他不会告诉别人他独自一人在路上兜圈子，坐在他那几个固定地方把时间打发过去。他不能对别人讲说他不愿意待在家里，因为他想到，这会让母亲或是父亲知道的。

"我们明天见。"维格沃特冲着门上的麦克风喊道。但曼内已经不在那里了。

就在维格沃特转过身去的同时，两道强烈的光线刺射着他。一辆很大很大的汽车缓缓驶进场院，端正的在他跟前停下。维格沃特开始感觉到脸上有针刺般的兴奋，突然全身发热。他想，他知道是谁坐在这辆车里。一个穿着制服的人从驾驶座位里跳下来，在他打开车后座的门之前朝维格沃特的方向目光严厉地瞅了一眼。

211

维格沃特的视线落进了车内的那一方鼓隆起的雪一样白的衬衣胸襟，那上面斜挂着一条红、白、蓝三色的宽勋带。车后座上坐着一位个头很大的人。他是那么的魁伟高大，从车里下来时得有人帮他。维格沃特向后退出好几步，让自己的后背紧抵着墙。同时他亲眼看见了特吕格弗·赖伊从那辆硕大无比的汽车里走了出来。他扶住穿制服的司机的手臂以支撑住身体。在大门进口处的灯光下，佩戴在他衣服上的那些勋章闪闪发光。维格沃特这下不知所措了。最后他一把揪下帽子，低下了头，尽可能深地低下头。在他站在那里，盯着挪威这最高建筑物的大门进口处前的石板路的这会儿，挪威最大的一位人物从挪威最大的一辆轿车里出来，经过他的身旁。这时维格沃特想他应当说点儿什么。

"曼内向你问候。"他说，壮起胆子往上溜了一眼。

好像特吕格弗·赖伊没有听见，也好像他没有看见。在大门跟前他停了一下，等着司机来为他开门。然后他们俩走了进去，大门在他们身后又关上。维格沃特踮起脚尖、伸长身子往里看，透过门上方的玻璃窗往里张望。他看见特吕格弗·赖伊和司机正在拐弯处朝着电梯进口那儿走去。然后他们就消失了。只有那辆很大很大的轿车还停在原处，事实上它就可以对刚才发生的这一切作一见证。而他自己事实上与特吕格弗·赖伊靠得是那么的近，都可以触摸着他了——倘若他有胆量这么去做的话。

突然大门进口处的那门又打开了，司机走了出来。现在他看上去似乎亲切和蔼了些，他甚至对维格沃特笑了笑。

“你还站在这里呀？”

“我这就走。”

“不要紧的，你只管待在这里好了！”

“你认识曼内的父亲吗？”维格沃特变得勇敢起来。

“曼内的父亲？”

“曼内住在第五层楼。”

司机看着维格沃特，他挤了一下眼睛——是维格沃特不喜欢的那种眨眼，又点点头。

“曼内，对。在第五楼。”

“他的父亲。你认识他吗？”

司机点点头，又挤了一次眼睛。

“这是当然。所有的人都认识曼内的父亲！”

司机第三次挤了挤眼睛，坐进汽车里开走了。留下的便是寂静和一片黑暗。维格沃特又开始慢悠悠地朝着下面的林荫道上走去。伯爵现在一定该又变得亲切和蔼了吧。

维格沃特拿不定主意他是否应当告诉伯爵他与特吕格弗·赖伊的这次相遇。伯爵似乎不太喜欢特吕格弗·赖伊。每一次当维格沃特把他从曼内那儿听来的故事再告诉伯爵时，他总是以他那特有的方式，从鼻孔里哼出一股气来。这也不像司机讲的那样，所有的人都认识曼内的父亲。在维格沃特没有告诉伯爵有关曼内的父亲的那些事情以前，他压根儿就没听说过这个人，并且对他毫无钦佩之情。

"大家都赢了，都打胜仗了，这算不了什么。"

"你也打过胜仗吗？"

"我可从来没有打过什么胜仗，维格沃特。"

正当维格沃特走进路上这段最幽黑阴暗的地方时——无论是他身后从塔楼那儿透出的光线，还是他要往前去的伯爵的农场外面的灯光都在百米开外。突然从树木和小径之间窜出一个巨大的黑影，立在了维格沃特跟前，惊得他一跳。开始的一瞬间，他以为这是那只曾被麻药枪射中过的麋鹿，是它从动物园又跑回这儿来了。但他马上看清楚了这是斯特芬森，是西居尔·欧·斯特芬森出来了。他也在外面游走。维格沃特小心谨慎地向他点了点头。斯特芬森的脸溶在阴影里，因此维格沃特无法看清楚，他是否向自己回点了一下头。二人这么对峙着站了一会儿，好像斯特芬森在黑暗中静静地站在他的面前，单单就是为了阻止维格沃特。突然，斯特芬森开了口。这是好些年来维格沃特第一次听到他的声音，粗暴、沙哑，一个缺乏训练的嗓音。

"你同他说话了？"

维格沃特立刻明白斯特芬森指的这个他是谁。

"我试过了。"

"他回答你了吗？"

维格沃特摇摇头。斯特芬森嘴里发出了嘶嘶的嘘声。

"这有什么奇怪呀，"他垂头丧气地说，"还有别的呢？"

"别的？"

"是啊，比如说他长得什么样儿？"

维格沃特耸耸肩。所有的人都知道特吕格弗·赖伊的模样。

"大个子，"他说，"他的个子很大。"

"很大，是啊。一定是这样的！"斯特芬森发出一阵哈哈大笑。维格沃特不确定地笑了一下。

"可他完了，知道吗？他孤单一人。他内心里是他妈的孤单得要命！"

维格沃特听出来斯特芬森的嗓音好像突然进出了哭声，所以他想自己是否应当转过身跑回家去。他完全可以坐在那停放自行车的屋里。但突然间，斯特芬森又渐渐退隐进了那片黑暗中，往田地里走去。维格沃特在原地站了一会儿，他聆听着。他听见斯特芬森的脚步已经离他远去之后，他继续走上通往伯爵农场的那最后一段坡路。

一辆汽车驶了过来。维格沃特在上面的树篱旁边，在他马上就要溜进伯爵的院落的那时候，车灯射出的一束光照射在他身上。他尽量将身子往后紧缩，贴靠着树篱，为的是不让自己被车给压着了。道很狭窄，维格沃特把衣袖上缝有夜间反光带的两臂摆放在身前。司机已经瞧见他了，因为汽车已经减速。维格沃特看见在汽车灯光照射下的粮仓，浸在了一团红色的火焰里。汽车开到维格沃特的右侧时完全停了下来。司机摇下玻璃窗，维格沃特对直地望到了他的脸孔，目光对直望进他的眼睛里。开始的一刹那，他以为是伯爵。但这不是他，因为现在听到了门打开的声音。车灯的光线投射在了刚从粮仓里出来的伯爵那条拖长了的黑影上。就在这同一瞬间司机又把车窗摇上去，车开走了。车灯发出的明亮光线消失以后，夜又是漆黑一片了。维格沃特听到伯爵的脚步经过场院朝正房走去。他不知道伯爵有没有看见他。但出于某种原因，他不愿意呼唤伯爵一声，或是奔过去追赶他。等到这位老人已经进到屋里后，他才走进院里。他用那黄铜的大锤去敲响伯爵的大门，门发出的轰轰的声音传入维格沃特的耳膜。

但伯爵没有出来。维格沃特再一次用那黄铜锤捶了捶门，他的耳内又再一次轰轰地唱起了歌。在敲门声完全消失之后，屋里再一次的悄无声息。维格沃特知道伯爵就在里面。他想伯爵一定还在生他的气。可伯爵是个老人了，也可能在他进屋去后的这几分钟里，在维格沃特敲门之前病倒呀。这不是不可能的。说不定伯爵正无助地躺在他那些泛黄了的纸堆之间，说不定他正需要帮助。维格沃特绕着屋子跑到了阳台那里。他连蹦带跳地奔上那歪歪斜斜快塌下了的木梯，然后他马上停下不动了。原来透过窗户他看见了在明亮耀眼的白色光线下出现在墙上的卡琳。她握住自己身上的那轻柔美丽的浅色夏季连衣裙的裙边，她已经脱下了平底鞋，赤着双脚。空下来的那只手，正在画着一个稍稍有点变长了的优美人形。她的头部微微低垂，从侧面看去，她那长长的脖颈便成了她那正在绘画的手臂的延伸部分。她将一条腿从地上稍稍抬起，似乎她在漂浮盘旋，似乎她在飞翔。维格沃特看见伯爵用空洞洞的、毫无光泽的目光凝视着她。这个晚上只为伯爵和卡琳，为卡琳和伯爵所有。卡琳不是在为维格沃特飞翔，而伯爵也不是在为维格沃特伤心。

34

　　有时候我在想，如果那个晚上伯爵给我开了门，或者如果曼内的母亲说我去的那会儿正合适，或者我先去了西门那里，或者我就坐在地下室里的停车屋内，或者那天家里的气氛让我愿意待在家里，那这一切又该会是怎样的呢？这样想下去是很困难的。从我站在伯爵的窗外往里窥视，并且明白了卡琳是在为谁起舞的那一刻之后的三十年，我再来想实际发生的那一切，就愈发困难了。现在我坐在伯爵的椅子上，看着那白墙上的卡琳，这一点毋庸置疑。卡琳现在归我了，我继承了她。放映机开始发出一些预警的声响，我不知道这电影的胶片还能维持多久。我听说可以把电影胶卷转换成录像带。可我既没有钱办到这个，又没有录放机。或者干脆说，我连电视机也没有。就像所有其他的东西那样，这放映机能用多久就用多久吧。

　　我记得在那个晚上过去的一周后，伯爵打来了电话。这正是在吃晚饭的时候，电话响了起来。母亲叹了一口气，扔下手中的餐巾，走到了门厅那里。父亲和我彼此交换了一个眼色。我们坐在餐桌旁的时候，从来没有人会恶作剧地打个电话来。我们听得很清楚，母亲没好气地应了一声后就不吱声了。她走进屋内来，她的神情有点异样。

"是朗厄农夫，他要给你谈谈，维格沃特。"

父亲皱起了眉头。我站起身来，朝门厅处走去。那时还在疼痛，坐着疼，走路也疼。我说我是在冰上滑倒后摔疼了腰背。母亲认为我们应该去看看医生，但也只是说说而已。我们从来没有去看过医生，这也算走运吧。我抓起电话听筒，说了声"喂"，伯爵的声音从电话的那一端传了过来。电话线里一阵毕毕剥剥的尖锐的干扰声音，仿佛他是来自另一个世界。

"是我。"

"哦。"

"你听出这是谁了吗？"

"听出来了。"

"我……我只想知道你怎么样了？"

"是吗？"

"是呀……你好吗？"

"好。"

"你很快就要来看我了吧？"

"我不知道。"

"你不知道？"

"你没有听见我在敲门吗？"

"我真蠢，我……很抱歉。我打电话来就是为了说声道歉。"

"嗯，是吗？"

"对不起。"

"没问题。"

"没问题？那我这就不再打扰你了！"

我轻轻一笑。我这么笑了一下，因为这是伯爵最喜爱的打趣方式。要是我不这么乐一乐，或许他会难过的。当他愿意表示幽默时，我总会这样笑笑的。于是他高兴了些，这我能听得出来。

"那么你来吧？"

"我来。"

"今晚上？"

"好的。"

但我不会去的，我要待在家里。我放下电话，不试着去望五斗柜上方的镜子中的那个我，然后回到了餐桌旁。他们互相交换了一下眼色，父亲面带忧虑。

"出什么事了吗，维格沃特？"

"没有。"

"你干什么事了吧？"

"干什么了？"

"你上朗厄家去捣乱了吧？你和曼内？"

"没有。"

"那他想干什么？"

母亲这时插了一句嘴。

"伯爵？"

"他不是伯爵，维格沃特，在挪威没有伯爵。"

"我……我和曼内去给他铲雪。"

"为什么你没有提起过这事儿？"

"我说过的，"我说，"我们每人得了五克朗。"

"那现在他要干什么？"

"他要我们再去铲雪。"

"你们什么时候去？"

"我不是腰背正疼着嘛。"

"明天我们去看大夫，维格沃特。给你那愚蠢的脊背照个片。"

我不知道 X 光片是否有可能看出这种事来，但我不愿去冒这个险。所以在这同一天晚上我先开口说我的腰背不疼了。这事也就这么过去了。

"但你一定要等过段时间后，才能去给朗厄铲雪。"母亲说。

"对，"我说，"那是再好不过了。"

如果我知道，我会渐渐变得难以开口说话，我的嘴唇的移动是那么的迟缓沉重、舌头的活动是那样的不灵活，那我或许是愿意去看大夫的。可这是在很久很久以后我才留意到这些变化的。

而那时候原本借助一张照片即可显示出的那些迹象，自然已荡然无存了。

眨眼间卡琳在墙上消失了。照射在白色墙纸上的四方形的黄颜色光线，代替了她那洁白轻柔的夏季连衣裙。胶卷飞旋着转回机轴，我关掉了放映机的开关。走上二楼，我打开放在楼梯平台上的那口巨大的箱子。我再一次捏握着那些白锦缎桌布中的一张。自卡琳失去踪影之后，那些桌布就躺在了箱底。我回想起了那时候在楼下大客厅里的伯爵和卡琳。通向阳台的玻璃窗敞开着，夏季里的白色窗帘在午后的微风中轻轻飘动，水晶玻璃杯里斟满了红葡萄酒，从伯爵自家院里采摘下的新鲜蔬菜，那些个时间延续得很长的晚餐。我竭力去想象卡琳的声音。伯爵曾经把它形容为，充满了盛夏黄昏时分的蓝色和凉爽，说这声音轻拂过他全身的神经，犹如长笛声般的柔和清澈。我想我现在听到这声音了。我需要听到卡琳的声音，我想我听到了这声音。于是我握住桌布，它们跟敷料布一样好。在大象厚厚的象皮上，不断地有新的地方溃烂。我不知道怎么会这样以及原因何在。但那些发炎的、含着黄色脓液的脓包仍还在一个个地冒出来。在象腿上固定铁链的地方发生溃疡，这个我可以理解。我给两个兽医打过电话。第一位，当他听到我说这是有关大象的事儿，便立刻放下了电话。对第二位我说，是我的狗突然开始皮肤化脓，我该怎么办呢？这位兽医说，你得把你的狗带来看看，他可不能在电话里下诊断。另外他还想知道，我的狗是哪一个品种。这一次是我放下了电话。于是我手边的东西就是盘尼西林，伯爵女人的桌布，还有棕色的宽胶布。或许这是某种原因的过敏吧，或许是面包过敏症，但我有什么办法？我唯一能弄到手的就是这些面包。在这个大箱子里的桌布下面，压着一件黑颜色的衣服。我把它抽了出来，站在那里，手里是伯爵的那件深色西服。这衣服我以前见过。在他给我来电话的一星期后的一天，他突然站在了我家的大门口。猛然间，我还真没认出他来。他一头灰白的头发梳得光溜溜地贴在头上，一条偏分发线在头皮上清晰分明。他穿着浅灰色的长夹大衣，前襟敞开着，里面是一件做工考究的深色西服。

当他看到我是如何的惊讶不已时，他微笑着鞠了个躬：

"我明白，我来得是时候。"

起初我没法开口说话，只是张大嘴巴傻站在那儿。笑容在伯爵的脸上荡开了。

"我总是把你看作一个有礼貌的年轻人的……"

"哦，对不起，"我说。我闪在一旁，把伯爵让进了屋里，"你真神气啊！"

"承蒙夸奖，承蒙夸奖。"

我简直不敢相信，伯爵真的会来家看我。可他并不是为我而来，他想要见的是母亲和父亲。

"你要给他们说什么呢？"

"你这小脑瓜子就别管这事儿了，"伯爵兴致很好地说，"去看你的倒着放的电影吧。不过先要替我去给你父母亲通报一声，说霍夫伯爵来拜访他们了！"

当我走进客厅时，母亲抬起头来。她想知道是谁来摁响了门铃。她坐在沙发上，手上织着活儿，一边听收音机里的儿童节目。父亲坐在椅子上睡过去了。他的脑袋往后仰着，嘴是张开的，膝头上摊着一张报纸。

"是伯爵，"我说，"他想同你们谈谈。"

"你说谁？"

"伯爵……朗厄农夫。"

母亲让毛线签子从手里滑了下去。然后她叹了一口气，推一把父亲。父亲嘴里发出"唔"的一声，同时惊得一跳。

"朗厄农夫在这里。他在这里，在我们的公寓里……！"

"别大惊小怪的……"父亲挣扎着醒过来，他不喜欢被人叫醒。

"大惊小怪？！在门厅那儿站着一个粗野的陌生人，就是现在，他要和我们说话。"

"他不是粗野的陌生人，"我说，"他是那个伯爵呀，霍夫伯爵。"

父亲终于完全醒过来了。

"朗厄农夫在这里？在我们家里？"

母亲叹了一口气，望着我。

"他想干什么呢，维格沃特？"

我没有回答，只耸了耸肩头。

"你是清楚的，"母亲说，"一定是你干下什么事儿了。"

"他站在外面的门厅里，"我说，"他在等着你们。"

母亲缓缓地站起身来，原地不动地站在那里。突然她看上去是那么弱小，很畏怯的样子。我真想走过去搂住她，可父亲走在了我前面。他也站起了，用手臂搂住了她。

"他一定只是来卖什么东西的。"父亲抚慰地说。

可母亲并没有安静下来。来卖东西！这是她所听过的最愚蠢的话。不过，她并不像通常那样把父亲的手臂推开。他们一起走过了客厅的地板，对着我走过来。我不知道他们是否听到了我心脏的搏动声，我能听到自己心脏狂跳。我绝没有想到伯爵会在这里出现，要不事先我会警告他的。我想说，我们就像是住在地层的下面。现在我这么说了。喂，伯爵，你可以听见我的。我走出去，走到了大象那里，说出了这句话。我想以某种方式伯爵会听到我说的话的：我们就像是住在地层的下面。我对大象说。我想当我们来到地面时，其他人会转过头来看着我们。因为我们是泥巴，是丑陋的小矮人，我们的身后拖拽出缕缕滑腻的黏液，口里流出的是阴湿、污秽的脏物。我把所有的这些话都说给大象听了，我把所有的这些话都说给在天堂里的伯爵听了。啊，是的。在母亲和父亲经过我身边又走出客厅去时，我听到了我的心在狂跳。他们走出去是为了和霍夫伯爵会面。

就这一次我的恐惧变得毫无理由。伯爵滔滔不绝的话语赢得了他们。是啊，他以一种带着神经质的优雅谈吐——就跟一位真正的伯爵说话时多少会有的某种拿腔拿调一样，用一套套精妙的言辞征服了他们。他竭尽所能地赞美正抽着一只烟斗的父亲。对母亲身着的衣裙以及她在《房屋与家》杂志上发表的文章说了一番溢美之词，他甚至能复述出其中的章节。就在他脱下外套和高统胶靴的那一小小功夫里，他也忘不了对墙纸、对整个公寓及周围环境，甚至还有过道上五斗柜上方的那面镜子也说了一番恭维话。提到我时全都是些赞美的话。我看见母亲的脸颊上怎样的涌出了美丽的红晕。父亲是怎样的一下子长高了半尺——而我呢，心里除了琢磨伯爵为什么来访这件事之外，没法再去想别的事。我断定伯爵对这事已经知道了一些，他以他的某种渠道已经知道了那天晚上发生的事情。但其中还有他不知道的，那就是我本应当把这件事告诉别人的。现在我知道了，或者说至少我认为应该这么做，我认为我当初应当把这事说出去。可我那会儿没有这么做，我缄口无语。

他没有让我跟他们一块儿去。伯爵非常清楚明白地表示，这是大人们间的谈话——但当我轻手轻脚地走进我房间去的那会儿，他举起了一只手，算作是一种挥手致意吧。不过我仍然恐惧害怕，心里仍然七上八下的不安宁。我像以往经常做的那样，在写字台前坐了下来。但我没把台灯放在脸跟前，也不试着去注视自己在玻璃窗上投下的影像。这事到此为止画上了句号，完完全全地了结了。我真想知道自己怎么样才能消失，怎么样才能变得渺无踪影。我一直听着客厅里传出的叽叽咕咕的说话声，我想着伯爵知道了这件事，想着他把这事告诉了母亲。最后将只能是最严厉的惩罚。最最严厉的惩罚，最最最严厉的惩罚。

我同大象一起站在外面。我手里拎着拐杖站在那里，身体战栗。我扬起拐杖，竭尽所有的力气去劈打象身上最大的那块溃烂的地方，黄色的脓液四处飞溅。大象往前一个趔趄，同时爆发出一声哀嚎。他的吼声声震屋宇，以至我也狂喊大叫一声作为回应。强者为胜。然后我又举起拐杖打了大象一次，打在他的两腿之间。他再次嚎叫，我也再次狂呼回应。你伤害不了我了，这次你碰不了我了。我呼唤着母亲，但没有人听见。

在这之后，我拿着盘尼西林、桌布和宽胶布到那里去。我清洗了伤口，并且尽可能做得好地把它包扎起来。大象在一旁盯着我看，或许他认为我是两个人。或许我就是两个人。一个伤害人的人，一个受伤害的人。

有人在敲我的门，伯爵把头探了进来。

"现在我要走了，"他说，"你很快就会来看我吧？"

我点了点头，但却说不出一句话来，似乎开口很困难。伯爵点点头，不确定地笑了笑。

"那就再见吧。"他说。我又点了一次头，突然我听到了母亲的声音。

"过来，维格沃特，跟朗厄农夫说声再见。"

我轻轻地走到门边，朝外望去。伯爵又对着我笑了一次。他握着父亲的手，热忱地握了又握，然后走出了门。我再望望父亲和母亲。父亲好像又长高了半尺，母亲的眼眶红红的，涂在眼圈周围的眼线膏被抹去了一大半。她对我笑了，她朝我走过来，拍拍我的头。

"我的亲爱的，亲爱的维格沃特。"她说。

我深信不疑，这一切都被揭穿了，无可掩藏。在我整个一生当中，我还从来没有这么害怕过——这自然仅仅是一种说法，我曾经是害怕过的，我曾经非常非常的害怕。

伯爵一定知道他不久将离开人世，他就要死去了——到我们家是为了找他的继承人。我不明白他看中了我的什么。我曾经认为所有与我相遇的人都非得爱我。我的母亲和父亲他们看不到我身上所具备的那些不寻常的东西。因为他们自己的双眼被污泥秽物给糊住了。而其他人却能看到。现在我知道其实没有人爱我。那时我觉得在那些陌生人眼里，看到的全是朋友。我现在并没有朋友。以前我很可怜自己，但现在不了。我鄙视我，看不起自己，我为自己感到羞耻。不过还有其他别的原因。我让自己被可乐人拉拽了过去。我知道当我坐进那辆蓝色的大客货两用旅行车时，是一个错误。我不应该这么做。我以为可乐人能看到父母亲所不能看到的东西。我以为这又是一个爱我的人。那个晚上我

228

没有地方可去，没有地方可待。我不能同曼内在一起，不能同西门在一起，不能同伯爵在一起。我十一岁，我正走在去朋友家的路上。

伯爵或许对母亲父亲说，我对于他来说就像儿子一样。我是个优秀的好孩子，我给已处于生命晚秋中的伯爵的生活，带来了光明和温暖。他或许说，他早已经对世人和这个世界道了一声再见。他把自己变得冷酷和强硬。在我对他的拜访中，慢慢地、一点一点地点燃了他的希望之火，重新恢复了他对人类的信念。母亲和父亲的表情可能会显出无限的惊讶。因为他们所知道的只是我去替伯爵铲过两三次雪。对我和他之间的交情的深浅，他们一无所知。我猜想伯爵一定赶快强调说，这一切全是他的愿望。他很清楚，有许多关于他的流言蜚语。为了不让我以及我的父母受到牵连，所以他请求我，要我对这些频繁的拜访保持缄默。我可以想见这场谈话进展曲折。我想他们三人都人人地被触动了一番。不过对这一切我无从得知。

我知道的是伯爵告诉了母亲父亲，他要留下遗嘱，把这农场交给我，让我接管。他没有家，远亲近亲都没有。如他所说，对他来讲，我几乎是他的儿子。我不完全知道他是如何用言辞表达的，因为我不在场。当时我坐在我的房间里，试着不去想母亲动怒时的暴跳如雷。我试着不去想可乐人的粗大的阴茎和那上面鼓胀起来的蓝色血管，不去想他的那只把我的头使劲往下按的手，和那掰开我的嘴的另一只手。这话不假，对伯爵来说，我就跟他的儿子一样。可他对我关上门，不放我进去。这话不假，可乐人爱我，可他爱我是以他的方式。在他之后所有的全变了，一切都再不和从前一样。

35

　　从面包工厂背后盛废物的大货箱那儿回家的路上，发生了一些让人琢磨不透的事儿。一些从前没有发生过的，对我来说也是毫无印象的事。我推着手推车，在这笔直的、顺着树篱围墙的路上走着。那一次，他就在那里把我拉上了车，当时我正走在去朋友家的路上。我看见前面远远的街拐角处的商店外面站着一个人。这家阿尔内森家的商店现在已不复存在了。

　　我走近了些，仔细地打量辨认她。她静静的，没有发出一点声响。我继续走在这最后的一段路上。她站在一个小扶梯旁，我和曼内曾在那里记下来往汽车的号码。我寻思着不要再沿着树篱围墙斜着往上走，这样经过她时就不至于靠得过近。

　　突然我看清了，站在那废弃不用的商店外的这个不认识的女人竟是西芙，威廉·阿尔内森的那个漂亮未婚妻。我试着细细地打量她又不让人察觉出来。但推着手推车，还加上这三个大垃圾口袋，要让人完全觉察不到那可是太难了。于是她斜穿过马路对直向我走过来。把我惊得一跳，我不得不停了下来。我把手推车重重地撂在地上。其中一只口袋滚落下来。我的第一个冲动就是让那口袋躺在路中央，而自己跑到一边去。但不知出于某种原因，我傻站在原地动也不动。我看见了她，我认出了她是谁。这不是西芙，完全不是那个漂亮的西芙。她张开嘴来，我认出了这张嘴。

"维格沃特？……是维格沃特吧？"

我不愿意显得无礼，于是我点点头。她走得更近了些。事实上她一直走到了我跟前，用她的双臂搂住我，但有一点儿迟疑和僵硬。因为她注意到了站在那里的我，也同样身躯僵直硬邦邦的。我知道我应当坚守住自己，不应当放弃。我就知道这一点。她试着笑了笑。但我听得出她没有笑的意思。眼下的情景，她不会认为有什么好笑的地方。现在她往后退了一步望着我，带着一半俏皮一半探询的神情。

"好久不见了，"她说，然后点了点头，"你还是跟从前一个样。"

可我跟从前不一样了。这是谎言。我知道她知道我变了／我知道她知道我变了／我知道她知道我跟从前不一样了。一个长长的静默。从手推车上掉下来的口袋散了口，三四块面包摊在了地上。我看见她皱着眉头望着地上的东西，心里一定在琢磨，这是怎么一回事儿呀。我看出她后悔跟我打招呼了，她后悔没有让我和我的面包口袋一块儿不受干扰地走过去。这时候她朝着里面的那栋公寓楼房点了一下头。

"我……刚拜访了一位我的女伴。真奇怪，我站在那里的时候想到了你。我知道，你是在这儿长大的。"

我没法回答她。她注视着我点了点头，但我没有向她点头，那一刻还没有。现在我点头了。现在我的头一上一下像鸡啄米似的附和着。但我没法开口讲话。又是一阵长长的静默。但至少我们俩互相点头打过招呼了。在很久很久以前，我们在一起谈过话。在很久以前，我们还不仅仅是谈过话。她笑了。

"是啊，我……退学了，"她说，"这……是啊，你知道……在大学……这是一个封闭的世界。"

这个说法我以前听她说过了许多次。如果她曾经确实有过这种念头，那也是很多年以前的事了。我一再地点头，再点头，没法子停住。看上去她也一样，她也在不住地点着头。

"你……你当然是上专业课了……那是太轻而易举的事儿了，是这样吧？"

我点点头，虽然这让我又说了一次谎话。她也点头。接下去就是一个更长的静默。随后她绽开了笑容，脸上又恢复到了顽皮的神情。

"你外出了，去……手推车上还有面包口袋？"

她向我挤了挤眼睛。她以前从来没有这么做过。我不能忍受向我挤眼睛的人。这仿佛是把我推向一种并不存在的亲昵关系。我垂下眼睛去看地上的面包口袋，心里一阵紧缩。

"这是给我大象的。"我说。

可我听出了我说话时的那种含着抗议的、拖长了的尖锐嗓音。我终于做到了让这种激怒的刺耳的声音发泄了出来。我看到她变得迟疑起来。

我突然向她跨出了一步。她却往后退了一步。然后我们就这样保持距离，站在原地不动。一辆出租车开过来，慢慢驶上了这早已不再经营了的商店外的人行道。她轻松地呼出了一口气。

"这是我的，"她说得很快，"这正是我等候着的出租车。和你相遇我真高兴，我们一定还会见面的，对吗？"

她又变得勇敢起来。她朝我走过来，拍了拍我的脸颊。然后她飞快地转身朝那辆出租车走去。我站在手推车旁，身体僵直，我看着汽车开走了，开到一个我不知晓的地方去。到那个她居住的地方，那个她孤单一人居住的地方。我能够听到她的声音，能够看到她的笑容。我可以看到她怎样地从一个房间走到另一个房间，脚步轻柔无声；有时候她是怎样地立在窗前梳洗打扮。在夜里朝着外面张望，可除了可以看见自己在玻璃窗上的影像外，她什么也见不到。我可以看到我站在户外，我站在外面注视着她。透过她在玻璃窗上的影像，直直地望见了在房内的她。她是在她自己的家里，而我不是。我本可以邀请她到我家的，本可以问问她的生活，问她过得怎么样。我可以告诉她有关学习的情况，可以让她看看巴蒂尔，可以让她看看卡琳的那些电影。她可能会说些什么，会给我出出主意，会用她那双修长柔软的手抚摸我的后

234

脖颈。我望着那辆车远去消失。埋下眼睛，我看着那些面包，所有那些硬邦邦的干面包。

在家里我翻出电话簿，找到了她的地址。她住在城市的另一端，一个老的工人住宅区。我们曾在那儿散过步，就我和她。我坐在厨房的案桌旁。头上方的电灯已快寿终正寝。灯泡的钨丝闪烁着，一明一暗，一明一暗，一明一暗。我没有给她打电话。我抓住电话，但我清楚，我只不过想骗骗自己，我不会真干的。她的需求太多，让人觉得难办。她喜欢接吻，但光接接吻完全满足不了她。我们或许曾经有过一次散步，或许出去吃过一顿廉价的晚餐之后又回到了她的住处。她在紧邻着大学旁边的一栋白色大木屋的二楼租下了一个小房间。按规定她是不允许接待客人的，但这租房规定没那么认真地执行。为着遵守规章起见，我们还是蹑手蹑脚地走上楼梯，溜进了她的那间小屋。她尽最大可能的将这房间布置得舒适且清爽宜人。漂亮的床罩是她自己缝制的，墙上挂着亨利·卢梭[1]的《女驯蛇人》的一张复制品。她点亮蜡烛，又点燃了熏香，再放上一段音乐。我们并排着躺在床上，互相搂着对方。这真是轻松愉快之极。她在我的后脖颈上，上上下下地抚摸着，就像贝亚特一贯做的那样。这个感觉真好。然后她吻了我，这感觉也很好。

1　Henri Rousseau（1844—1910），法国著名画家。

但当她再一次吻我时，当她把她的舌尖从我的双唇中抵进去的那一刻，这感觉就不是那么好了。当时我想，要是我抚摸抚摸她的脊背，或许她就会停下，不再这么做了。没想到当我开始抚摸她的背部时，她只是变得愈加热烈兴奋、激动难耐。她把舌头更深地插入了我的口中。于是我得挣脱开来，把脸埋在她颌下的颈窝处，为的是不让自己一下子呕吐出来。她的身体更紧地朝我贴压过来，我注意到她在轻轻地颤抖着。猛然间，我觉察出了在我两条大腿间的她的那只手。她拉下了我裤子前方开口的拉链。我把它又拉上去，她把拉链再拉下来。我把它再次拉上去，同时我试着从她身边挣脱开。我闻到了熏香的浓烈气味，此时的蜡烛已燃尽泪干。突然我闻到了她的气味，我把自己蜷缩成了一团。她把我的拉链拉下去了。她的那只手伸了进去，笑了。我想那是一张贪婪的笑脸。同时她的呼吸变得急促起来。我从她那里一下子挣脱开去，站在了地板上。这时我的呼吸也急促而沉重。我三下两下把自己的衣衫整理好，同时结结巴巴地说，我得走了，我有一个约会。她仍然躺在那儿的床上，对我笑着，仿佛她知道了些什么。她确实知道了些什么。我从我们俩刚才悄悄溜上来的那道楼梯飞跑下去。拦下一辆从那里开过去的出租汽车。在我坐进车里之前，我朝她的窗口望了一眼。她并没有站在那里目送我离去，或是向我作挥手的道别。她仍然还躺在那儿的床上，带着贪婪的微笑和一种洞悉一切的目光。

　　我们不再散步。也不再在阅览室或学校的阶梯教室里并肩坐在一处。我不知道她是否还留在那个集体小组里，因为我自己退出了。我不必非去那里不可，以前我这么做都是因为她的希望。最后她在大学的校园里消失了。实际上我早留意到了这点。我们从此再没有在一起讲过话，直到现在，直到这个晚上，而且也都是她一人在说话。我已有很久不会动嘴讲话了，至少没对她说。现在她走了。我想到阿尔内森太太的空洞洞的目光，想到巴蒂尔的那双老人般的大大的眼睛，想到天花板上这一明一暗的灯光。在我关掉电灯开关时，听见轻微的"噗"的一声响，与此同时灯泡的钨丝断了。

36

　　在这之后的第二天，我又走上了去学校的那条路。我走在通往母亲坟墓的那条路上。斜穿过田野，走过那座桥，往下面望去就是那个小水塘。我在那里学会了滑冰。我顺水塘往前走着。从小径到河道的出口，到我的那个地方，还得走一段路。在那里曾属于我的一切，如今已荡然无存，让我困惑不解。我曾在这个地方坐了那么多个钟头，那么多个下午，那么些年，而竟未留下些许的痕印。这怎么可能？我试着给自己开开玩笑。我用手抚摸着其中的一棵白桦树，我对它说，喔！是你呀，老朋友。你已经长大成人了！

　　而事实上我连一棵树也辨认不出来。现在我站在那里，就像是站在别的任何地方。我不知道我曾经期待的是什么。我其实并不失望，只是空洞洞的，我感到的是一片空。无我即是我。对了，我明白我等候着的是什么了。我是为等着一个倚着那棵树坐在那里的小男孩，他肮脏污黑的小脸上挂着泪痕，一个默默无语、不对直望着我眼睛的小男孩。我看见了，看见我拉着那男孩的手，把他搂了过来。我在手帕上吐了点唾沫，用潮湿的手绢小心地擦拭他的脸蛋。我用他喜欢的那种方式抚摸他的后脖颈。我敞开外衣，让男孩进入我的怀里，然后扣好外衣纽扣。于是他和我成为了一体，一件外衣，一个男孩，一个男人。我不知道是出了什么事，是因为我来迟了，还是别的其他原因。或许他已被另外的人带去，或许他正躺在某个地方的沟里？或许人们再也寻他不得。我拿定了主意到下面的幼儿园去，在那里做进一步的探寻。我有很久很久没去过那里了。我变得心神不安起来。在水塘的另一端，我沿着田地急急慌慌地往上方走去。人们在这里已经修建起了新的住房。竖在住宅区那儿的极为壮观的大标牌上，我看到这里兴建的连栋屋是属于南欧式样的。我爬上矗立着这些建筑楼群的那片山坡。在那儿完全没有我认识的人，我也将永远不会认识什么人。我从他们身边经过，站在了停车场里。往下方望去，我看见那所房屋颜色已变得污黄但规模仍不小的学校。篱墙粗壮茂密的树丛被砍去，许多窗户破碎毁坏，高级教师办公室上面的那半截墙壁，完全被那些乱七八糟的喷漆涂抹得没留下一块干净地方。就像是有一轮大锤以挪威船只的航行速度，给了这造船业主的学校重重的一击，让它再没有了昔日风光。当我开始从斜坡往下走向最小的那一方校园的同时，我注意到自己是在怎样的在退缩变小。是在怎样的变得越来越小，我发现小男孩原本应该倚树坐在那里的那座桥还没有消失，它跟从前一样还在下面的河道口旁。小男孩的那座桥是在通往去学校的路上。这是在去这所颜色污黄、规模不小的学校的又一天。在那儿造船业主的孩子们高声大笑着。我用只有自己能听见的声音喊了起来：王储哈拉尔上过的斯麦斯塔学校，就是呱呱叫！又喊了一遍，这次的声音高了些：王储哈拉尔上过的斯麦斯塔学校，就是呱呱叫！现在我正经过高级教师的办公室，我提高了嗓门，现在我喊出的声音字字撞在了砖墙上：王储哈拉尔上过的斯麦斯塔学校，就是呱呱叫！

猛然间一个男人站在了我跟前。他眯缝着眼睛打量我，手里拎着一串钥匙。在他注视着我的那会儿，钥匙串正一晃一晃地撞在他的大腿上。我得掉开目光，走到一边去。我走进了避雨棚下，站在一个角落里，用背朝向他。听着那钥匙串撞在他大腿上的声响，我站在那儿尽量设法缩小自己的身体。声音停住不响，我希望他已经走开了，但我仍然不敢回转身去。突然我听见他的声音在我身后响起，我听见这声音已经贴着我的脊梁骨了。

"没什么事儿吧？你需要帮忙吗？"

我没有吭声。这时候他那晃荡着的钥匙串又重新响了起来。这声音也是同样紧贴近我的身后。我试着想摇摇头，可唯一的反应却是在后脖颈处猛地痉挛了一下。这至少让他明白了我的意思。于是我听到他走开了，钥匙串的声音也越来越微弱。为了保险起见，我还是站在那棚下，站在那角落里。脸朝墙壁背朝外，站了好长一段时间。然后我才敢从棚子下走出来。我开始横穿过学校那宽

240

大的场院，就在这同一时间响起了铃声，尖厉刺耳的铃声。我站在场地的中央，用手捂住了双耳。然后我听到了尖声的大叫，一阵又一阵，还有笑声、呼喊声。我想跑开去，可还没来得及就被上百个孩子团团围住了。他们口里啊呵啊呵地喊着，奔跑着，抓扯我的外套，推搡我，试着伸腿来绊我一脚，把他们肮脏的小手伸进我的外衣口袋里。我蜷缩成一团，用双手紧紧抓住我的外衣。我想办法从那儿跑开。我以一种一瘸一拐的奇怪方式，从这一大群喧嚷着的、欢呼着的孩子们当中逃脱开了。当我再环视四周，这一群蜂拥的孩子们已成长为了一片海洋，仿佛他们是由地上的一个洞穴里往上喷涌出来的一样。在过去的远一点的地方，我看见带着钥匙串的那人站在那里，注视着眼前的这一场景，脸上有一种懒洋洋的笑容。我的整个身子坠沉下去，两腿跪在了地上。我把脑袋掩藏在胳膊下面，任凭他们的拳脚相加，他们的推搡与拖拽。但奇怪的是，在来自孩子们的这场喧嚣吵闹声中，我竟听到了老师的钥匙串一甩一荡撞击着他大腿的声音。

　　我跪在学校的操场上，我把两条胳膊架在头上以抵挡他们的拳头和腿脚。我不知道像这样持续了有多久，但现在我又是独自一人了。这一定是又响起了的铃声把他们唤了回去。所有的孩子都一定是被吸允回了各自的洞里。我大着胆子向四周张望，让自己确信那个带着钥匙串的男人也一样消失了。于是我站起身来，我几乎是摇摇晃晃地走完操场余下的这段路。曾经我也在这里游戏玩耍，曾经这是一个我感觉安全的地方，曾经我是这片坡上的

241

国王。那已是很久很久以前的事了。

现在只需要在十字路口那儿往右拐，然后继续往下走，一直走到我能看见靠右手边的那方墓地。可在学校操场里发生的那一幕之后，我已经精力耗尽了。在路边成排连栋屋中的一座房前的台阶上，我坐了下来，我得歇歇脚。自然这个台阶我又选错了。这栋房里有人在家。于是屋内的人打开门来同我讲话。

这是个上了年纪的老先生。他伸出脑袋，瘦骨嶙峋的上半截身子从门缝儿那里显露出来。他注视着我，从他那内陷下去的胸腔底部深处发出的嗓音，有种摩擦的干涩。

"我可以帮你做点什么吗？"

在一刹那间里我以为这是斯特芬森，西居尔·欧·斯特芬森（SOS）他来援救我了——可这不是他。当我再仔细看清楚后，我发现他们俩几乎没有一点相似的地方。但这其中一定有某种缘故让我想到了斯特芬森。对了，现在他在哪儿呢？在他这三声短、三声长、三声短的三段生活历程之后，接下去的是什么呢？再来一个三声短的倒霉时期？这老人目光里的某种东西，让我想到了斯特芬森，同时还让我想到了另外一个人。这老人有一双可以让人躲藏在内的眼睛，就跟霍夫伯爵的眼睛一样。跟达姆、跟阿列克谢·科尔尼洛夫，还有跟我现在坐在这儿不愿去想的那另外一个人的眼睛一样。老人走了出来，一直来到台阶那里。我站起身来，这样我们俩便面对面地站在那扇敞开了的门前。他对我笑了笑，他的脑袋轻微颤动。对，他整个人都有点抖抖索索的，就跟老年人可能会有的那种情况一样。于是我一个急转身就走开了。我这次聪明了，不会再重蹈覆辙。我转身走下台阶，继续沿着道路往上走，一直走到十字路口那里。我没有回转身去，但我知道他还站在那里，在用那双人们可以在其中寻求庇护和避难的眼睛目送我，整个身子颤巍巍的。我知道他打我主意了，我知道他对我有一个大计划。这些计划盘算在他的内心点燃灼烧。当我绕过十字路口那个拐角时，我发出了胜利的笑声。他有他的那些大计划大阴谋，可他骗不了我。这次可不行。

走进林木环绕的墓地那里，六英尺下面的泥土里就躺着阿德莱德的爸爸。我不会去那个地方的，但我知道，因为在很久以前我来过这里。阿德莱德和她的爸爸搬走时，差不多就是在特吕格弗·赖伊去世的那会儿。奇怪的是我当时一下就认出了她。她的背影只在我的眼角那儿一晃，我便知道是阿德莱德站在那儿。虽然我有三十多年没见过她了。我不知道为什么我只管从她身边走过去，为什么我就这么径直地向穿着黑色毛皮大衣的她的背影靠近。我记得当时小径的路面上已冻结成冰，那上面只有一些为防滑撒下的零星的小砾石。这就是说，走路得小心。眼下这会儿却是四处一片葱翠。

我从她的侧面走上去，和她保持有几米远的距离。她没注意到我，或许她装作没注意到我。这我无从得知。看上去她是完全被面前的墓碑吸引住了。她站在那儿，低着头，脖子歪扭着，就像是一只秃鹰那样，差不多完全俯贴在了炭灰色的石碑上方。自然她上岁数了，样子像她的父亲。但或许脸上没有他的那种虚弱和苍白。我想知道阿德莱德是否知道我曾经呕吐在他爸爸的身上。如果她得知此事，我想知道她是为这个记恨我呢，还是对我怀有感激之情。突然阿德莱德打开她的手提包，从里面取出一瓶六十度的烈酒，还有一只玻璃杯。我当然清楚有其父必有其子的这一传统说法。现在轮到阿德莱德了。时而地，她也会这么步履不稳、跌跌跄跄地四处逛荡，身上散发出一种尿臭、酒糟臭、与血混夹在一块儿的恶腐味儿。我想知道阿德莱德是否有自己的孩子。我没有孩子，这真是件好事。

阿德莱德把亮晶晶的酒液倒进杯里，直到满满的一杯，但她并没有喝下它。她把酒杯高高举过头顶，然后把酒都泼洒在墓碑前的土里。她把酒瓶和酒杯重新再装回自己的手提包里。而她的目光却依旧凝固在她跟前的石碑上。她开口说话。在过了好几秒钟以后我才明白过来，她是在同我讲话。

"他一个月醉一次，维格沃特。我认为他有资格喝这么一次。他当然不乐意只这么一杯，但我想聊胜于无。你不也这么认为吗？"

她抬起头，向我转过身来。我真希望我能回答她的话，可我能做到的只是试着对她笑了笑。但我担心这挤出来的笑更是一付怪模样。我看得出来，阿德莱德笑得很畅快，毫不费劲。

"我常想到你，维格沃特。但这无济于事，你现在看到了。知道吗，你得宽恕。心底蕴藏有巨大力量的人才能宽恕。"

我真希望能同她说说话。但当她向我迈出了几步，当她举起很可能是表示爱意的手势时，我猛地一转身，尽可能快地从阿德莱德和她的爸爸那儿跑开了，一直跑出墓地回到家。自那以后对躺在地下一个月喝一次酒的阿德莱德的爸爸的坟地那里，我总是兜很大一段路绕过它。我再没有见过阿德莱德。我真是希望能同她说说话的，我真愿意多听一些关于宽恕的话。人只需听听宽恕这个词汇吧，这词里含有特殊的意义。这是一个如此光明正大、慷慨豁达、坦坦荡荡的字眼：宽恕。宽恕即是一种给予，给—予，予—给。需求。需求。我要的是需求。

在去母亲坟墓的那一次，我也没有碰见阿德莱德。母亲躺在两座小教堂背后的那片小土坡的其中一个坡上。在朝汽车开过去的那条路的方向稍偏左一点的地方。在这里，母亲没有可凭眺观赏的景色。她是被一片浓重阴森的云杉树和那些死人尸骨环绕。

在你的墓碑上写着我们想念你，你知道吗，母亲？当然上面还写着你的名字，还有那些个年月日。"我们将永远怀念你"碑上是这么写着的。父亲只是偶尔在夜里给我打打电话，余下的便是他同路易丝在一起的快活无比。对他想念你还是不想念你，我是全然无知的，母亲。可我想念你，我想念你完全跟你活着的时候同样多，并且是以同样的方式。但是这极为重要的一个区别在于，我是绝对再也寻你不得。在那另一间屋里，再不会看见你俯身在那打字机的上方或是勾着身子去取那够不着的药瓶的身影。你是实实在在地去了，真实得那么不真实。你的的确确离开了人世，闭眼走了。这样的想法让人多增加了一点哀痛。真的，这话一点不假。

我站起身朝邻近的那些坟墓走过去，像是在告诉她，躺在这里的她并不是唯一的一个。这里大多数的墓碑都平放在地上，嵌进土里。可有一块昂首屹立的石碑是个另类。这显然是一块无人照管的、完全被遗弃了的石碑。碑身上野蔓缠绕，周围杂草丛生，但它以自己的方式耸立在此间，拒绝被人忽视。我开始高声地诵读，为的是她可以听到：长眠在这里的是一位热爱生命，但其爱不得回报之人。

我大声地念着墓碑上刻下的碑文。我走了回来，在母亲身旁坐下。母亲没有说：你就总是为芝麻大的事儿哭鼻子，维格沃特！她现在不会说这个了。我是为芝麻大的事儿哭鼻子，母亲。母亲拍了拍我，她的手在我的后脖颈那儿一上一下地抚摸着。当我死了以后，我的墓碑上会写着什么呢？有人想念我吗？可是我没法开口说话。我贴着母亲躺了下来，同时她的手在我的后脖上抚摸着。她的手终于在我的后脖颈那儿一上一下地抚摸了。

我一定是睡过去了。当我睁开双眼时，天色已经暗了下来。我感到身上阵阵发冷。我站起身来正准备离开，这时母亲发出了低低的耳语声。我跪坐在地上，身体前倾，把耳朵贴在那块石碑上面。

"你说什么，母亲？"

"维格沃特，为什么你的耳朵这么大？"

"我耳朵这么大，是为了能听见我的呼喊，母亲。"

"维格沃特，为什么你的眼睛这么大？"

"我的眼睛这么大，是为了能看见我孤独地行走，母亲。"

"维格沃特，为什么你的手这么大？"

"我的手这么大，是为了抚摸我的后脖颈，母亲。"

"维格沃特，为什么你的嘴这么大？"

"我的嘴这么大，是为了让他的阴茎进入我的身体，母亲。"

37

　　在冬日的这个夜晚，维格沃特站在外面，朝自己的家里张望。他看见了站在厨房里的母亲。那时他已经从那条路上走了回来。穿过霍夫伯爵家的场院，走到外面的路上。那儿有一辆大轿车停了下来。司机望着他，似乎想跟他说些什么。再往下走过那条狭窄的林荫道，经过特吕格弗·赖伊和曼内住的塔楼，路过街角处的阿尔内森食品杂货店，沿着那片被白雪覆盖着的草地再往前走。他在公共洗衣房那儿朝右手边走去，然后站在自家公寓楼房的进口处的外面。他不想哭。他想理理思绪。他没有了霍夫伯爵，如今他该怎么打发自己、该上哪儿去呢？

　　他看见上面厨房里母亲的影子。她站在那儿正在把洗刷完了的餐具等杂什放回原处。维格沃特熟悉这每一个动作，以至于他可以说出她把什么东西放回到什么地方。现在她伸长了身子，这是为了把那绿色的耐高温陶瓷容器放到洗碗槽上方最高的那层搁板上去。在她弯下腰去时，那或许是要把大汤勺放进抽屉里。突然父亲走进了厨房，母亲向他转过身去。维格沃特等候着母亲张开嘴大喊大叫。他们要吵架了，为着某一点的不如意。而这种或那种的不如意总是会有的。但现在发生的不是这么一回事。现在出现的情况是，父亲举起一只手臂来。他用手去抚摸母亲的脸颊。母亲对他微笑着，抓住他的手。她紧握住那手，把它拉了过来放在自己的胸口上，让它紧紧贴陷进去。于是他向她倾着头，把自己的嘴唇贴在她的嘴唇上。维格沃特从未看到过这样的情景。他站在下面的停车场，眼睛朝上面望着，望到厨房里。在那儿母亲和父亲正在接吻。这个吻持续着，再持续下去。当这个长吻结束时，当他松开了她、她也松开了他时，维格沃特的身上已经盖满了一层雪花。白雪落在了停车场上，落在停放在那儿的汽车上面，也落在了维格沃特的身上。他们现在又再一次的互相接吻。他们都拥有对方，他想。母亲有父亲，父亲有母亲，伯爵有卡琳。而我，是孤独一人。现在他们从窗户那里消失了，他们离开了厨房。他也消失了，维格沃特从公寓楼的那片灯光中消失了。他穿过草地，往下朝着幼儿园走去。他身后留下的那一串小小的脚印儿，很快地被雪花填去了痕迹。

　　他到这里来，已经是很久以前的事了。他曾经坐在那个跷跷板的一端。若是用力将脚在地面上一蹬，他坐着的跷跷板这一头会向空中腾跳起来，但跳得不高。而跷跷板本来就是要两个伙伴一起玩的呀。当然只能如此啦，他想，他是一个人。不过，这也不完全是事实。若说用正确方法玩跷跷板，即两人一人坐一头是那么重要的话，他不是不可以同西门或是曼内在一起玩的。问题是无论西门还是曼内，从某方面来说，不可能与他同步。他和他们不是在同一起点上，他和他们的谈话总是有一点距离感。他很难再这么往下想下去。当他试着去回想他自己真正的境遇时，眼睛后方像是有什么东西紧紧地压迫着，让他无法再思考。他总是孤独一人，永远如此。他想到了卡琳。想到那浅色明丽的连衣裙是怎样地贴着她的肉体，然后他想到了接吻。他想到了在上面的那间厨房里，吻着母亲的父亲，和吻着父亲的母亲——他感觉到自己腹部内温暖地紧缩了一下，一个战栗伴着温暖的一颤。他揣摩着像他们这样的接吻，像这样用张开的嘴对着另一张张开的嘴的吻，究竟是怎样的一种感觉。维格沃特把外衣袖挽到了胳膊肘上方，把嘴埋进上下胳膊之间的肉窝里。他静静地坐在跷跷板上，亲吻着自己。他不知道像这样在那里坐了有多久。这时候雪停了。突然，他看见在吊挂着秋千那边的一个黑黝黝的人影。他就坐在那由汽车轮胎做成的秋千上。一个黑乎乎的大个儿在晃荡着秋千，一前一后，一前一后。维格沃特立刻静止下来，一点也不敢动弹。那是一个男人，一个高大阴沉的男人。他开口说话，声音低沉阴郁。

"他是如此地孤独。"

是斯特芬森。坐在那里的那个阴沉沉的大高个子、那个在秋千上前后晃荡的人是斯特芬森。

"喂，斯特芬森。"维格沃特轻轻地唤了一声。

但斯特芬森没有回答。维格沃特听到秋千在每一次的晃动中从铰链那儿发出的声音，一前一后，咔嗒咔嗒。想到厨房窗户里的接吻，维格沃特感到温暖，想到卡琳摇摆扭动的身体，维格沃特感到温暖。他静静地坐在翘板上，注视着斯特芬森沉重的黑影子，听着固定秋千的铁链上发出的咔嗒声响。

"这可怜的混蛋。"

突如其来地冒出这样一句话，好像是斯特芬森发怒了。维格沃特本能地把脖子缩了回去。难道今天晚上他没有地方去吗？难道所有的人都在生他的气？接着斯特芬森开始讲话。维格沃特从来也没有听见过斯特芬森在一次里，一句接一句地说出了这么多的话。斯特芬森阴郁的嗓音，斯特芬森阴郁的黑影，斯特芬森牵出的那一段阴郁，斯特芬森所有的那些厚重的黑暗；维格沃特感觉出自己的眼皮开始发沉。他明白，在斯特芬森没完没了地说着话的同时，他可能会在跷跷板上睡过去。这些话听上去好像都是斯特芬森以前说过的，好像他能把它们都背诵出来，一节一节、一段一段的。或许他一个小时一个小时地站在那里，眼睛望着空中，是在练习说话。莫非这是在他那漂亮的妻子搬出去之后，他在楼上那个阴暗的公寓里对自己的喃喃自语？

然后是一片静寂。斯特芬森不再摇晃秋千了，他垂着头在那里坐了一阵子。维格沃特正琢磨着，他是否有胆子敢在这会儿溜出幼儿园去。突然斯特芬森抬起头来，直直地对视着他。

"你和我，维格沃特。"他说，一边站起身来。

维格沃特想走开去。

"我想我……"他这样开的头，但停下不再往下说，这时斯特芬森又抬起了头。

"你以为或许你是独自一人？我看见你的时候可不少。你以为你是独自一人。你以为你是独自一人那会儿我正盯着你呢。你看见我时，心里在想着，我也是一个人，想着你和我都是一个人。独自一人！对一个人独自待着的滋味，你我一无所知。"

斯特芬森掏出了一方白色的大手绢，用它擤鼻涕。在夜的黑暗中，那手绢像飞掠而过的海鸥的一段翅羽。

"再见，斯特芬森。"维格沃特低语道。他退着走出了幼儿园，来到下面的大门口旁。在那条砾石路上他一个急转身，连蹦带跳地朝着车库和亮着路灯的马路上跑去。他听到背后斯特芬森在呼喊，维格沃特停下片刻。

"我们不是独自一人，"斯特芬森喊道，"我们不是独自一人！"

他的声音在最下面的那栋砖墙楼房那里荡起了阵阵回声。他向维格沃特挥动着双臂。维格沃特举起一只手向他致意，不过他不认为斯特芬森真的能看见。维格沃特继续往前跑去。很快就要到去西门家的那个时间了，维格沃特走在去朋友家的路上。

38

维格沃特不去想母亲和父亲，不去想曼内，不去想霍夫伯爵，不去想斯特芬森。他试着去回想卡琳，在伯爵的白墙壁上翩翩起舞的卡琳。卡琳有一双让人坠落进去的眼睛。对了，伯爵也有这样的一种眼睛。母亲偶尔也会有的。他踩下煞车，车现在朝步行道边渐渐驶过来。在来到维格沃特的身边时，车的玻璃窗放了下来。他，也有这样一双眼睛。不久之前维格沃特曾见过这人，就在伯爵家外、在往上走去的林荫道上。事实上，在刹那间他还以为这是伯爵。维格沃特一声不吭地立在步行道上，皮肤一阵阵发紧，像有针扎着似的。这个男人向驾驶座旁边的座椅上方探过身子，从放下的车窗这边跟维格沃特说话。他坐在一辆蓝色的客货两用旅行车里。他的眼睛。仿佛他的目光里有接纳维格沃特的地方，能容下整个维格沃特。

"嗨！"

"嗨！"

他注视着维格沃特。维格沃特也想望着他，所以他的眼睛得朝下看。

"你想要瓶可乐吗？"

"什么？"

然后是一个短暂的停顿。看上去这男人好像在想着旁的事。

"你知道哪儿有食品杂货店吗？"

这个维格沃特是知道的。他一边指划着一边解释，这没有什么困难，很容易理解。可这人就是不明白。至少他扮出了一付苦脸，像是说他没法弄清楚这事儿。

"上来吧，"他说，"上车来把路指给我，然后就给你一瓶可乐。"

维格沃特想要强调这点，他想让这人明白，他是不被允许跟着陌生人走的。所以他做出了一副他自认为是怀疑的、拿不准的表情。但坐在车里的人完全不理睬这一套，他显得像是被惹恼了的样子。他打开车门，向维格沃特作了一个手势，要他上车来，坐在他的身旁。维格沃特不想让这人生气发怒，维格沃特想要可乐。事实上他是知道去杂货店的路的，他也不是什么都不行，他能干点事儿。他坐进了汽车，又再解释了一次路线。坐在方向盘前的这人不再听他说话了。维格沃特环视车内。车的货厢那儿堆满了空的可乐瓶子。他抬起目光，面包工厂和住宅区靠路边最近的那栋房子在一瞥之间一晃而过。然后车向左一拐弯，往上方朝着西门家的方向的那道坡上开去。

西门正站在杂货店门口！当这人终于明白了维格沃特对路线的解释时，那时他们已对着小杂货店向坡下缓缓开去。维格沃特看见了西门的背影。他没有看见西门的脑袋，因为那会儿他把头探进了窗户里。或许他正在用手指着木莓水果糖袋。现在维格沃特可以和西门一块儿去西门的家，西门拿着他的木莓水果糖，维格沃特握着可乐瓶。可是这人没有在杂货店门口停下，他径直开过去了，把车停在远离西门的坡下面有好一段距离的地方。维格沃特用询问的眼睛望着他。

"你不会拿了可乐就一下走开吧？这就太不礼貌了。"这人说。

维格沃特猜想这人可能会变得非常生气。现在他要维格沃特等着，然后他们可以一边喝可乐一边谈谈话，他是这么说的。

维格沃特坐在车里，看着那人走近小杂货店，看见西门的脑袋已从窗户里伸了出来，他正对手里装着木莓水果糖的袋子聚精会神。他试着向西门挥挥手，他真希望可以到自己的伙伴那儿去。但这就会不礼貌了，这人说得对。维格沃特再一次望了望货厢里的那些空可乐瓶。他心里想着，能喝下这么些可乐呀。他想着，长成大人以后就可以经常喝可乐了，并且能想喝多少就喝多少。现在这人在往回走，但他只买了一瓶可乐。他们要边喝可乐边谈话，难道不是这样吗？他们两分喝一瓶？维格沃特可不愿意这样。他希望这一整瓶都归他一个人。男人坐进车里，把瓶子递给维格沃特。

"给你。"他说。

"你不要喝吗？"

看样子他是不会喝的，因为他现在正扭转钥匙发动汽车。

"我们可以往前开一小段。"他说。

维格沃特回转身去看西门。可他的朋友已经不在那里了。他自然已跑回了家。

"我这是去看一个朋友。"维格沃特说。

可乐人点了点头。

"我可以开车送你去。"他说。接着车缓缓开动，又朝路上驶去。

39

他攥住我了，母亲。他攥住我了。我坐在这儿，在你的墓碑旁边。碑上写着我们想念你。我不认为父亲想念你，可我想念你。他攥住我了。你不知晓此事，在我去西门家的路上，可乐人把我载上了车。我知道，这是不应该的，母亲。我知道这是一个大错误！

"可你为什么要跟他去呢，我的亲亲心肝？"

我以为他是你，我以为他是父亲，我以为他是爷爷，我以为他是达姆。他望着我，我在他的眼睛里看到了我自己。我不愿意他对我生气，我想要可乐，母亲。

"可你为什么独自一个人呢，我亲爱的宝贝？"

没有我的地方，母亲。无论哪里都没有我的地方。人人都有一个属于自己的人，可乐人就得到了我。我被掼进了蛇窝农场，母亲。我想是你推我进去的，我想是父亲推我进去的，我想是我自己跳进去的。我曾经坐在那辆车里，我现在仍然还坐在那车上。

我想下车来，母亲。我想跳出蛇窝！

"他对你干什么了，他对我的孩子干下什么了？"

"你想听吗？你真的想听吗？"

"我在这里，我亲爱的孩子，我为你在这里。"

他把手放在我的腿上。我看着他，他的眼睛直直地看着前方。我推开他的手，他把手放在大腿更上面的地方。我不理解这是为什么。我不明白他想干什么。接着他把我裤子前面开口的拉链拉了下来。我不理解这是为什么。我不明白他想干什么。或许这是爱吧？或许这是很深的爱？我把拉链又拉了上去。他把它再拉下来，伸进去几个指头。他没有看着我，我也不看他。我不理解不明白他为什么要干他现在正在干的事。我把他的手指头拿开，把裤子的拉链又一次拉上去。我问他是不是可以把车停下，我说我想下车。他把我裤子前面的拉链拉下来，然后停下了车。我望着车外，不知道我们是在什么地方。我不知道我们在那里停了多久，但我想那时间是够长的了。

"我们仍然还停在那里，母亲！"

可现在母亲默不做声。我把耳朵贴近墓碑，于是我听到了她在哭泣，听到了在那寒冷阴湿的地底下，她低低的哀号声。我住在地底下的母亲！

或许有两个坐在台阶上的小男孩记下了汽车上的号码。或许母亲现在正大声叫喊着给警察打电话。或许这两个男孩子把他们的小本子给警察看，那上面清楚整齐地写下了一行行的车牌号码。或许他们会找到我。我是这么在想着。我的头被强压着抵在车门上。没有人听见，没有人听见我在呼喊。这弄疼了我，我呼叫。他占用着我的嘴，可我仍然呼叫着。我能听见。我听见我在呼叫。我能听见一切，母亲。这你是知道的。我看见了许多。我看见了你和父亲，看见你们在厨房的窗户那儿接吻。那张开嘴的、湿漉漉的接吻。当他强迫我张开嘴时，我想到的就是这个。这是我刚刚目睹的画面，在另一个世界，在另一种生活，用的是另一双眼睛。当时我知道你们身处何处。你们是在那里，我是在这里，在这个堆满了空可乐瓶子的汽车里！

我不情愿，但实在无法再忍住。我一下呕吐起来。我不住地吐啊吐，弄得墓碑和坟地上到处都是秽物。我不情愿，但实在无法再忍住。我曾想过，如果在事后他不放我生路，这或许会好得多。但也只是想想而已。我不知道他为什么要放我走。或许他看准了我，我永远不会将这事吐露给任何人；或许他看准了我，我就根本没有人可倾诉；或许他看准了我，我会说出去，但用的是一种无人能听懂的语言，一种鬼祟的、被毁坏了的残缺不全的语言。或许他知道，他已经割掉了我的舌头。或许他知道，用被他使用过后的这张嘴讲话将非常非常地疼痛。

墓地里一片沉寂。爷爷和贝亚特在这里安息，霍夫伯爵在这里安息，阿德莱德的爸爸和哈尔沃·赫斯特夫妇在这里安息，达姆和阿尔内森太太在这里安息。唯一无法安息的是母亲。我听到她在哭泣。我听到青草穿过她的那颗心正往上蹿长。

　　"我是多么多么地爱你，维格沃特。"她说。

40

我往家里走去。我走的这条路与很多年以前我曾走过的那条路方向正相反。我经过西门住过的房子——现在那里也住着一户有小孩的人家。儿童用的小自行车随意地撂在院内的汽车道上。两个男孩在屋后的草坪上踢足球。我停下脚步，看着他们，直到从台阶上走下来一个年轻女人，用询问的眼睛盯着我，我这才又继续往前走。我朝那已废弃了的花圃走去。然后顺着面包工厂的那条笔直的路走去。在可乐人找到我的那个地方，我驻步片刻。就在这一瞬间，我看见一辆大的蓝色客货两用旅行车缓缓地行驶过来。我屏住呼吸，浑身上下好像有针在扎着似的难受。我倏然心里一阵警觉：得留神！车开了过去。我无法看清坐在汽车黑色的挡风玻璃后面的开车人的面孔。得留神，我对自己说。这已经过去了有三十多年！那次他放走了我，我不知道是为什么，但他让我走了。他留住我很久很久，但他放走了我。

41

　　可乐人顺着这熟悉的道路驶车向前。他最后一次来到这里已经是很久很久以前的事了，但他没有忘记。这每一次的会面在他的生活中都是重大、快乐与欢愉的时刻，即使这并不是经常发生。他不知道如果缺了这个，缺了这些会面，他如何将自己的日子打发过去。所有的人都渴求与他人的接触会面，所有的人都需要被人看见。这一点的确令人费解。他知道他自己就是这个去观察、去发现的人。他知道他能完成这一相互的接触过程，那是因为他能看见某些其他人都看不到的东西。我看到了我自己，他这么想。我跟其他人不一样，我看到了我自己，我知道我自己是怎样一个形象。假若我在一个夜晚注视着玻璃窗上自己的影像时，整个房间不会因这一注视而开始天旋地转起来。可乐人这么想道。或者说，这是一些我想象出来的在可乐人心里的念头。那时他正顺着我的道路开过来，再一次顺着三十年前我去西门家的那条路开过来。车是新的，人却老了。我真想我就这么让他开过去。我真想能做到放过他，让他驶过去，让他驶出我的生活。我站在这里，膝盖关节一阵阵发白。我紧紧地依附在厨房的案桌跟前。因为可乐人现在已经往林荫道这边开过来了，我可以听到他汽车的声音。他经过了农场，往下面塔楼方向的那条路开去。车顺着低层楼房住宅区的第一栋房子继续往前开。再往下，在阿尔内森家如今早已关掉了的商店的门外，站着一个小男孩。在这个夏日的午后，一个小男孩独自站在那里。我不知道他为什么站在那儿，或许他在等候着什么人。或许他在等着他的爷爷，或许他在等着他的母亲，或许他只身一人、无人跟他玩耍游戏。阿尔内森家商店的砖墙上让喷漆乱七八糟涂了个满。所有公寓的窗户上都罩着窗帘。窗框被尘灰秽垢弄得污痕斑斑。可乐人这时感觉出了皮肤上的针刺感，他感觉出了那个小男孩在等着被人注意被人瞧见。他踩下煞车，减慢了车速。正当他集中了心神眼力望着前方的同一时刻，蓦地从树林间冲出一个发怒的灰色可怖的庞然大物，矗立在汽车的跟前。可乐人顿时惊骇得大叫起来。他发疯一般地打转着手中的方向盘，试图寻路逃开。但这时大象已经在汽车跟前扬起了两只前腿，已经抬起整个身躯，成了一座灰色的可怕的大山。可乐人这时惊得目瞪口呆，他放在方向盘上的手松开了。与此同时，大象把自己整个的身躯轰然一下坠沉在汽车上。那个小男孩目睹了发生的这一切。他看着这蓝色的汽车被砸塌压扁，看着这巨大的愤怒的大象，听着那一阵阵凶猛的冲撞与攻击。小男孩手里拿着一根果汁冰棍，看着眼前发生的一切，直到一个尖声大叫着的女人奔了过来。女人一把抱起这看到了一切的小男孩，尽可能快地跑开了。她跑到了一个安全地带。她跑回了家。

42

　　现在我站在这里，在厨房中迈开了舞步。我站着身体不住地摇晃。我站在这里已经有很长时间了，一直这么摇摇摆摆地晃荡着。我的两只手掌，在厨房的案桌和餐桌之间轮换着的一摸一擦中发出了声响。我站着，身体不住地摇晃。向前向后，向前向后。我是完完全全地独自一人。我要在这里站立很长时间，然后再走出门外。我知道巴蒂尔已经出走，但我看到美国摄影师乔尔·斯滕菲尔德拍下的那张充满了戏剧性的照片，看到我的那只大象在拼力抗争着的、令人为之动容的那张照片，还要过好一阵子。

　　我听着直升机的螺旋桨的声音，我听着那些救援车的警报声响，我听着自己的血液在太阳穴那儿突突的搏击声。当我从墓地回家以后，我给父亲打了电话。同往常一样，电话打过去总不是时候。

　　"路易丝好吗？"我问。

"什么？"父亲说。我说的话他是听得很清楚的，所以我只是等着。

"路易丝她很好。"他说。然后是一个停顿，没有了下文。

"你呢，维格沃特？"

"我怎么啦？"

"你怎么样，你好吗？"

"我需要帮助。"

"我知道。我觉得你是需要帮助。"

"你这是什么意思？"

"我觉得你需要与人接触交往的帮助……给别人打打电话什么的……"

"我现在正是在这么做呀。"我说。我听到了他沮丧的叹气声。

"是吗？"

"我需要人帮助我，放走我的大象。"我说。

在很长的一段时间里，我只听到他的呼吸声。然后是咔嗒一声响，接着就传来嘟嘟的电话占线音。我又再给他打过去，这次他不接电话了。我放下电话，只站在那儿盯着它看。我希望电话铃声响起来，希望在电话的另一端不是父亲，而是科尔尼洛夫。但这样的事不会发生的。厨房的餐桌上放着父亲借给我的这本书。这是卡西奥多罗斯写的有关大象的书籍。我打开洗碗槽下面的橱柜门，把这本书扔进了垃圾袋里。这书对我没有什么特别的帮助。

我在地窖找到了一把斧子和一些其他工具。然后我穿过场院，最后一次翻越过那用铁蒺藜围拦成的路障，进入粮仓的场坝里。我试着算了算，自打马戏团离开让大象留在这里，已经有六个星期了。真像是有六年那么长。我把他留在这里够久了。

"我把你留在这里够久了。"我对巴蒂尔说。

铁脚镣已经磨伤了象腿的厚皮，陷进了肉里，在左前腿和右后腿上两处的伤口都化脓发炎了。可我没有更多的盘尼西林了，伯爵的桌布也已用完。我抄起最大的一把改锥，从固定 U 字形铁镣的那根带孔销钉的孔里插进去，双手紧握住改锥的手把，绷紧了身体用尽全身力摇动它。这简直就是阿列克谢·科尔尼洛夫自己，这个浑身的肌肉都闪着亮光的、东方最强壮的人。在他消失的前一天，他给象腿的铁镣上插进了销钉。可突然之间我也变得强壮起来。我知道如何让插紧了的销钉一点一点地摇转松动。然后我把 U 形铁镣往两旁边拉边掰，最后取下了它。巴蒂尔朝前一个猛扑，脖子上套着的绳索又将它拽了回来。剩下的便只有后腿上的那根铁脚镣，和最后身上的那些绳索了。我猛然一下想到卡西奥多罗斯的那句话：假若有人侵犯了它，它会记住这个侵犯。在经过了很长时间之后，一如人们常说的那样，它会对那犯下罪恶的人进行复仇。我把他后腿上的脚镣也取了下来。我希望在他明白他已经从铁链下解脱获得了自由之前，我自己还能有一点点时间。我手里握着斧子走开了几步，我大声地说话。我的声音很高，但语调平静。

"假若我弄疼了你，我亲亲的小象孩，那只是因为我俩之间有很深很深的爱。我是多么多么地爱你，巴蒂尔。"

他望着我，我回望着他。然后我举起斧子，朝最后的那些绳索重重地砍下去。他变得有点不安静了。我再次捕捉到他的目光，牢牢地、目不转睛地盯住他的眼睛。同时我后退几步，往粮仓那厚重的大门移动。我必须得转过身去，才能把那沉甸甸的门插销举起来。此时此刻我心里在想，轮到他了，眼下该他攘住我了。他不能宽恕我。宽恕是不可能的，这你是知道的呀，维格沃特！但当我再回转过身去时，他还站在原地，仿佛还被铁镣绳索捆住。我推开这巨大沉重的大门，光线如洪流般倾泻进了粮仓。我站在日光下，感觉出阳光正温暖着我的脊背。这时我冲着巴蒂尔呼喊：

"回家去，"我喊着，"我让你走。我让你活下去！我是好人！"我对着巴蒂尔呼喊："我是好人！我是好人！我是好人！"

然后我从那敞开着的大门那儿跑开，我从阳光那儿跑开。我走向一道侧门，从那里走了出去。我听到在我的身后，大象的长鼻发出的疯狂愤怒的撞击扫荡声。接着我听到了地面上一阵排山倒海般的隆隆的轰响。我听到的是巴蒂尔在奔跑，可他追赶的不是我。我听到他正在跑回家。

译后记

　　2003 年夏日的一天我偶然翻开了这本书，坐在阳台上，在奥斯陆六月的暖阳下走进了这个让人感动又有些心怀隐痛的故事。开初的画面已让人震撼，在惊讶感叹和满含疑问的心情下忍不住要急急往前寻觅，我迫切地想知道故事的结局，这个十一岁的男孩怎么啦，那头大象怎么啦，还有神奇的马戏团班子，孤独神秘的伯爵……就这样我一口气读完了这本书，用三天半的时间读完这本二百多页的挪威小说，破了个人的记录！

　　这是一个成年人在回忆三十多年前一段不堪回首的往事，整个故事里流露着主人公的孤独及对友谊与爱的渴念。小说描述了60 年代挪威首府奥斯陆的霍夫地区的一些社会生活画面，对一群孤独人们的生活片段，作者有着极为出色的描写。字里行间那个孩子的痛楚与呐喊，让人揪心，更令人思考。成年人对儿童的性侵犯行为将改变人的一生，而这种刻骨铭心的伤害亦将伴随终生。

故事的叙述进展缓慢，但始终紧紧围绕和追随"十一岁的他去看朋友"这一主题，让其在故事中时隐时现，却又不动声色。在全书结束前的最后几十页，道出其中隐情，解除了读者一路上的疑团。书中也有些看上去近乎荒诞的情节，特别是关于那头大象的描述。成年的他照管前苏联马戏团走后留下的一头大象。这象或许是实实在在的，但更可能寓意为他自身的画像，就是他的化身。一个受到了伤害的动物将永远难以忘却以往，同时他也永远难以让自身解脱，这或许就是他们二者之间的共同点。

语言简洁生动，有如诗的风格，这是评论界人士对这部小说一致的赞誉。对诗人出身的作者来说，笔下自然得心应手。不过让我惊奇的是，尽管这是一种外国文字，但书页间那些或长或短的句子读起来竟感觉流畅上口，有韵律之感，这应是读这本小说时带给我的另一种愉悦。语言描述也很有画面感，场景的切换方式具有电影的风格，有的地方可说分镜头都不用了，可以直接开拍。一向喜爱电影的我当初甚至急切地梦想，或者说期待过，看有哪位导演敢把这个奇特的故事拍成电影，我时有想象：那将会有怎样惊心动魄的场面，又会有怎样触及心灵的震撼？

一直觉着看一部电影是不是感动了自己，那是在走出影院的那一刻。若其时感觉有些心有所失，比如走在路上居然步履不稳，时不时还懵懵懂懂地与对面来人撞个满怀；并肩而行的友人在耳边说了一大堆话，盯着旁边那张兴奋激动的脸，你却好像在看默片；乘公交车上车后才猛然发现自己坐错了方向。发生诸如此类情况后，便会莞尔一笑，如梦醒一般。周边的车马人流的嘈杂声立时喷涌到耳边，看天上有白云飘动，脸颊上有轻拂过的风。记得清楚，那回看《赎罪》就是一次亲身的经历。出电影院后我还沉迷着，该朝右边回家却横过马路走到了街对面。我的心丢失在影院，留在了那个故事里。

其实看书何尝不是如此，走进一本好书后也有同样的不知心神何依的恍然。当这本书的最后一页合上，那时坐在阳台上的我，心是紧缩着的，脑子还深陷在那奥斯陆 60 年代的灰暗场景里，在明媚的阳光下，眼前竟是那一堆灰色人群的黑影幢幢。记得当时有种强烈的冲动：这么饱含情感而又带着神秘色彩的故事，要是能有更多的人与我分享该多好。看来，那时我已动了把此书译为中文的初念。

不过之后走下去的路并不轻松。曾有朋友劝解，译书不比写书容易，光有激情是不够的，很可能途中受挫，要我浅尝而止。不知是自己的固执，还是对手里的这本书实在割舍不下，读完第二遍之后，便自顾自地着手翻译了。不幸，译书的前景确实被朋友言中，几年时间的周折后，这部译稿便寂然躺在了抽屉深处。虽然其中也有几次希望之光出现——甚至有已经决定出版，但在最后一刻仍以无果而终。就这样，维格沃特在从奥斯陆到北京的路上走了十一年，直到今天。

正因为有了这一路的坎坷，我对这本小说就有了一份特别的感情，有了些许的怜爱。所以这里我要特别感谢李恒嘉编辑，感

271

谢她对这本书的理解和认同，使之最终得以与中国读者见面。记得小说问世以后，德国法兰克福的一家报刊评论中这样写道："这部小说冷酷地、毫不怜悯地写下忧郁和悲伤，但又以一种奇特的方式让人感到温暖并获得启迪，美丽如同一场梦幻。"用优美的文字写下一个很阴郁的故事，这确实极为独特。当时所有的评论文章中使用率最高的一个词汇就是"不同寻常"。对一部不同寻常的书，真的很难说"不"字呢。小小的书可以有很重的分量，它刻在心上的痕迹也会很深很深……

挪威文学评论人推荐这本书时曾说过，这是一本适合十八岁到八十岁的人读的书。所以这是一本给所有人的书，而一本好书，什么时候来都不算晚。看到有这么一个他或她，在盛夏里的一个黄昏或是树叶飘零的某个秋日，静静地坐下来，打开书页，走进去，和维格沃特一路同行，这个场面令人欣慰。因为当人的心痛彻之后，便会怀着一颗新的、更温暖和更细致的心来关注我们的孩子，倾听他们的声音。像维格沃特遭遇的这种悲剧，或许就可以避免了。

林后 2016 年 6 月，于奥斯陆

PÅ VEI TIL EN VENN by Niels Fredrik Dahl

© Niels Fredrik Dahl, 2002

Simplified Chinese character translation copyright © 2017

by Beijing Imaginist Time Culture Co., Ltd.

Published by agreement with Hedlund Agency.
NORLA This translation has been published with the financial support of NORLA

图书在版编目(CIP)数据

去朋友家的路上 / (挪) 尼尔斯·弗雷德里克·达尔著；林后译.
— 桂林：广西师范大学出版社,2017.1

ISBN 978-7-5495-8893-0

Ⅰ.①去… Ⅱ.①尼… ②林… Ⅲ.①长篇小说 – 挪威 – 现代
Ⅳ.① I533.45

中国版本图书馆 CIP 数据核字 (2016) 第 239326 号

广西师范大学出版社出版发行

桂林市中华路22号　邮政编码：541001
网址：www.bbtpress.com

出 版 人：张艺兵
全国新华书店经销
发行热线：010-64284815
山东鸿君杰文化发展有限公司

开本：880mm×1230mm　1/32
印张：8.75　字数：167 千字
2017 年 1 月第 1 版　2017 年 1 月第 1 次印刷
定价：32.00 元

如发现印装质量问题，影响阅读，请与印刷厂联系调换。